多多羅 著 心傳奇工作室 繪
神探邁克狐
法老王的珍寶
5
千面怪盜篇

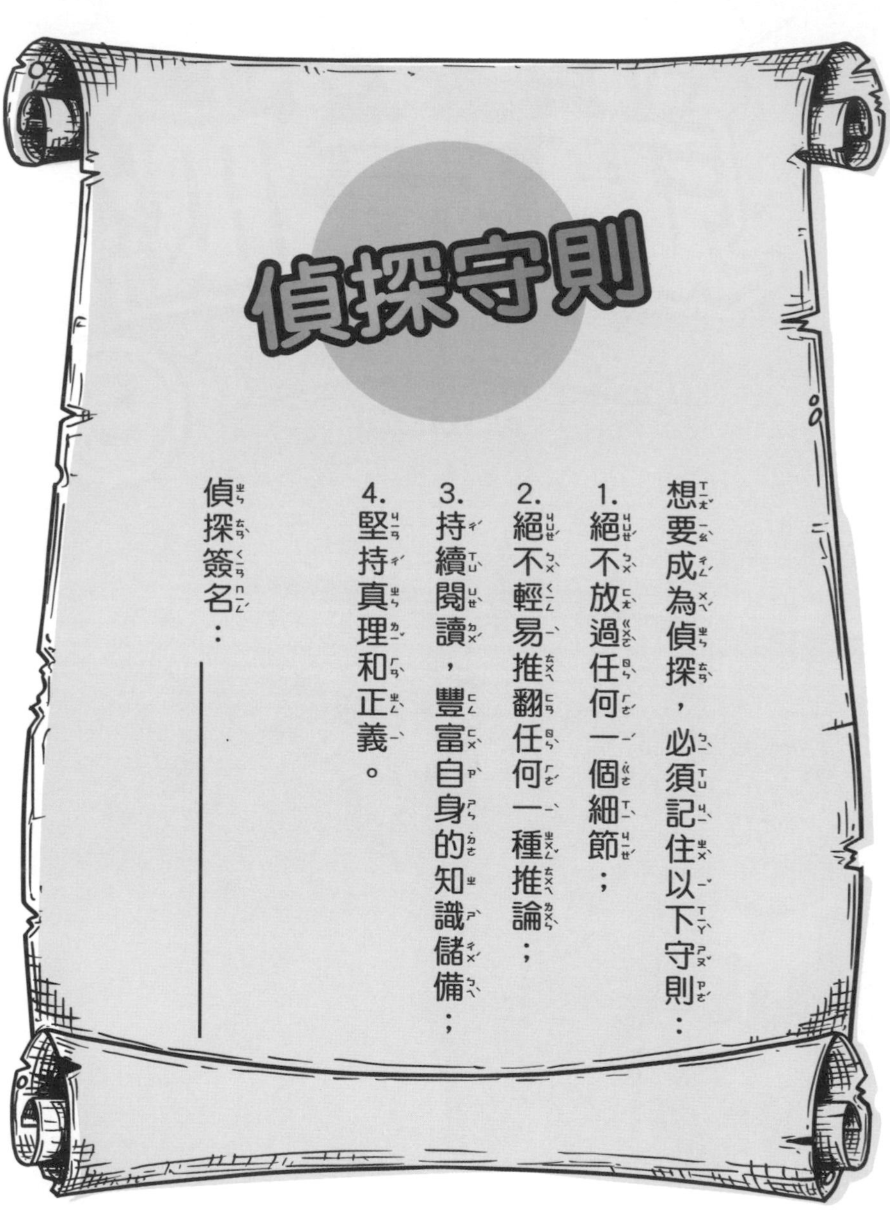

偵探守則

想要成為偵探，必須記住以下守則：

1. 絕不放過任何一個細節；
2. 絕不輕易推翻任何一種推論；
3. 持續閱讀，豐富自身的知識儲備；
4. 堅持真理和正義。

偵探簽名：

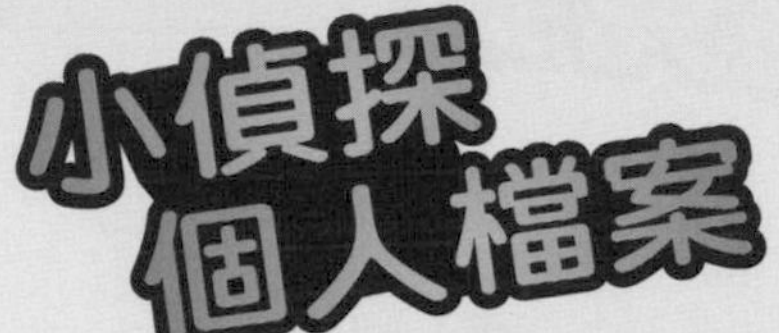

請貼上你的照片吧！

姓名：

年齡：

我的優點：

我的缺點：

我喜歡的東西：

我討厭的東西：

我的夢想：

性別：男　種族：白狐

總是說著「任何罪惡都逃不過我的眼睛」的大神探，屢屢破獲奇案。

聰明帥氣，風趣優雅！悄悄告訴你，他最喜歡吃的就是棒棒糖，因為糖分能讓他的大腦轉得更快！

千面怪盜

性別：不詳　種族：不詳

被迷霧籠罩著的暗夜怪盜，沒有人知道他的名字、他的種族，甚至沒有人知道他到底是男是女。每次出現，他的偽裝都天衣無縫。他收集藝術品的目的是什麼，沒人知道。邁克狐和他的較量持續中。

啾颯

性別：男　種族：啾啾族

從啾啾島來到格蘭島打工的啾啾族水鳥，一開始不會講動物通用語的小可愛。雖然身體小小的，卻擁有大大的勇氣與智慧。

豬警官

性別：男　種族：麝香豬

比起「杜克·嘟」這個名字，更習慣讓大家叫自己「豬警官」，因為顯得更親切。豬警官是格蘭島警察局的主力警官，奔波於各個案發現場。雖然不是很聰明，但是富有正義感，在邁克狐探案過程中提供了強而有力的幫助。

目錄

CONTENTS

01 法老王的珍寶

清晨，茶壺別墅的門鈴響了起來。邁克狐打開門。啾颯像一陣小旋風似的衝進房間，他揮揮手裡的請帖，叫著，「啾啾，駱駝館長，啾啾，請帖。」

邁克狐溫柔地揉揉啾颯的頭，稱讚說：「啾颯，你最近學習通用語的成果很不錯嘛！」然後接過了請帖。就在請帖打開的瞬間，一張熟悉的卡片悠悠地滑落。

邁克狐眉頭緊皺。這張卡片是千面怪盜的預告信：

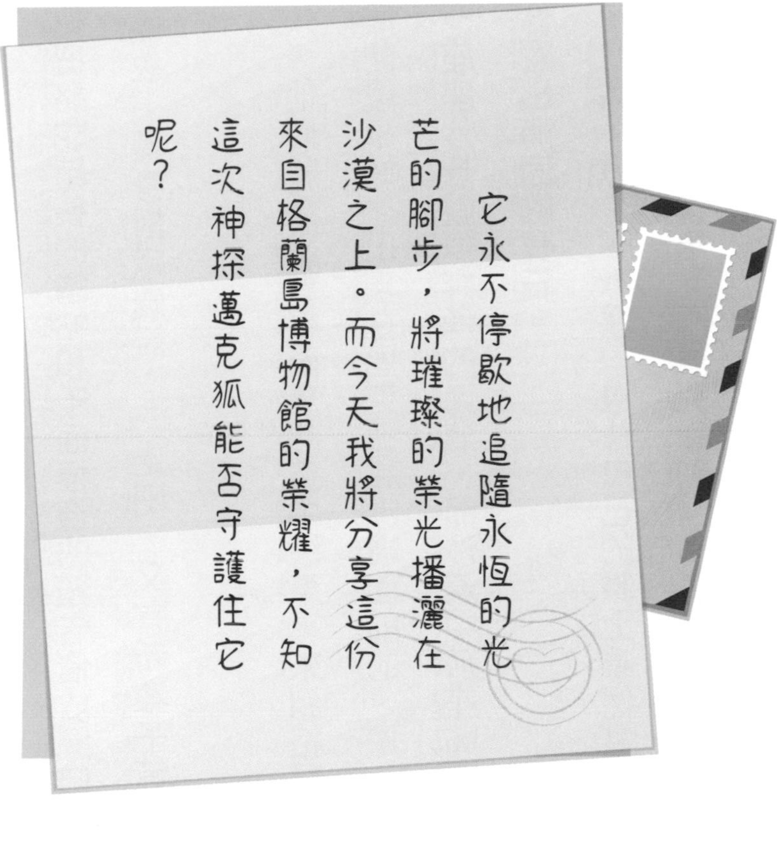

它永不停歇地追隨永恆的光芒的腳步，將璀璨的榮光播灑在沙漠之上。而今天我將分享這份來自格蘭島博物館的榮耀，不知這次神探邁克狐能否守護住它呢？

邁克狐把駱駝館長的請帖和千面怪盜的預告信放進口袋，披上帥氣的風衣，轉身對啾颯說：「走吧，又有新案子等著我們了。」

沒多久，他們就乘坐著格蘭島的空中纜車，來到格蘭島西部的沙漠。離開纜車站，出現在邁克狐和啾颯面前的，是一望無際的沙漠，一座座沙丘就像奔湧的海浪，而沙漠中那座閃閃發光的博物館就像躍出海面的寶石。

「啾，壯觀，啾！」啾颯一邊往自己的臉上噴保濕噴霧，一邊讚嘆面前這壯觀的景象。而邁克狐則掏出了懷錶。

今天是格蘭島的冬至，是一年中黑夜最長的日子。雖然懷錶的指針已經指向六點，但天色依然漆黑一片。

看樣子，千面怪盜是經過精心策劃才選擇在今天作案，畢竟黑夜總是能掩蓋更多的罪惡。

在金碧輝煌的展廳一頭，啾颯興奮地仰著小腦袋看展覽品，非常專心，還張著嘴巴時不時發出一聲驚異的讚嘆。而展廳另一頭的氣氛卻非常凝重。「你一定要幫幫我啊！再過三個小時，慶祝博物館建館五十周年的特別展覽就要開始了。如果出了什麼差錯，博物館很可能會臨時關閉啊！」駱駝館長痛心疾首地對邁克狐說，眼淚都要流下來了。

邁克狐拍拍老朋友厚實的肩膀，他下定決心，這次一定不會讓千面怪盜逍遙法外了。接著他便將自己的計畫告訴駱駝館長。

「我拜託了犀牛局長協助我們，他已經出動很多警力封鎖了進出沙漠的必經之路，相信這次千面怪盜一定不會得手。」駱駝館長鄭重地點點頭，他剛準備說點什麼，忽然，一聲大叫傳了過來。

「啾啾——救命啊！啾！」

怎麼回事？邁克狐和駱駝館長立即朝聲音傳來的方向衝去。

誰知道面前竟然是這樣一幅景象：啾颯蜷成一團縮在牆角，腦袋藏在桌子下面，屁股卻露在桌外，瑟瑟發抖。

邁克狐走上前去，想把啾颯拉起來，誰知，邁克狐的爪子剛碰上啾颯的後背，啾颯就驚叫了一聲，身上的毛也跟著立了起來。

邁克狐輕聲安慰著啾颯，回頭向駱駝館長介紹起來，「不好

意思，這是我的偵探助理啾颯，也許是被牆上的文物嚇到了。」

駱駝館長會意地點點頭，看向立在牆上的巨大棺槨，笑著說：「哈哈，不要害怕，這裡面是法老的木乃伊。很久很久以前，在沙漠中生活的人們的王，叫法老。在法老去世後，他的子民把法老的身體製作成不會腐爛的木乃伊，期望在未來的某一天，法老可以重新回來統治他們。」

剛剛縮成一團的啾颯不知道什麼時候已經站在駱駝館長的跟前，認真聽著，時不時點點頭。雖然他現在還聽不太懂那些專業的術語，但是，他覺得駱駝館長的學識真的很淵博呢。

這時，一個黑影像風一般跑過來，就在快要撞上他們的時候，來了個急煞車。駱駝館長被嚇了一跳，他拍著胸口說：「駝鳥小姐，跟你說過多少次了，不要在展館裡奔跑。再說了，我一大把年紀，早就禁不起嚇了。」

鴕鳥小姐轉轉她不太靈活的長脖子，大大的眼睛望著館長，焦急地說道：「對不起，館長，但是不好了，千面怪盜來了！我……我剛剛在巡視珠寶館、壁畫館、雕塑館，然後在金幣展臺上發現了這個。」

鴕鳥小姐拿出一張和邁克狐收到的一模一樣的預告信，神經兮兮地尖叫起來，「千面怪盜，一定是來偷那枚古代金幣的！館長，不然，我們趕快取消展覽吧！」

「不要胡說！」駱駝館長低聲喝斥道，不好意思地朝邁克狐點點頭，「這位是精通法老時代文字的管理員鴕鳥小姐。她總是精神緊張，請你見諒！」

邁克狐拿起手中的博物館地圖，發現鴕鳥小姐剛剛提到的金幣展臺位於博物館的東南角。

金幣？為什麼是金幣呢？邁克狐在收到預告信後，對上面的謎語研究了許久，想不通千面怪盜這次的目標是哪一件藏品。於是他開口詢問道：「請問鴕鳥小姐，你怎麼知道千面怪盜的目標是金幣呢？」

鴕鳥小姐立刻搖頭晃腦地分析起來，「這還不簡單！預告信上寫著『它永不停歇地追隨永恆的光芒的腳步』，在法老時代，『永恆的光芒』說的是太陽，而黃金又是太陽的象徵，再加上這張卡片發現的地方……我是按照常理推測的。」

邁克狐皺著眉，他心裡並不認同鴕鳥小姐的推理。如果按照鴕鳥小姐的解釋，那麼千面怪盜的目標可能是展館裡的任何一件寶物，因為這裡的每件珍寶都是用金子打造的，尤其是高高懸掛在他們頭頂上方的那盞鑲嵌著聖甲蟲裝飾的燈，那可是純金打造的，而且那個聖甲蟲上面還鑲嵌著名貴的寶石呢。

邁克狐思考的同時，一陣微風貼著地面拂過，他手背上的毛被微微吹了起來。

忽然，啪嗒一聲，燈光熄滅了，整個展館都陷入黑暗之中！

啾颯嚇得大叫一聲，一下子抱住了邁克狐的腿。

緊接著，一陣雜亂的腳步聲跑向了遠處，駱駝館長的聲音也響了起來，「邁克狐，邁克狐，不好了，金幣被偷走了！」

糟糕，千面怪盜的目標真的是金幣，他已經得手了嗎？

邁克狐懊惱地握緊了拳頭，和啾颯一起朝著案發的博物館東南角跑去。

緊急照明燈在此時亮了起來，昏暗的光線照在空空蕩蕩的展臺上。

邁克狐的心裡充滿了疑惑，「太奇怪了，剛才我們大家都在這裡，但是誰也沒有聽見異常的聲音，難道這是一起完美的盜竊案？不可能。凡是作案，總會留下蛛絲馬跡。」

邁克狐整理好情緒，當機立斷，讓在場的人原地待命，而自己和啾颯開始搜查線索。

啾颯一臉崇拜地望著邁克狐認真的背影，然後從自己背著的

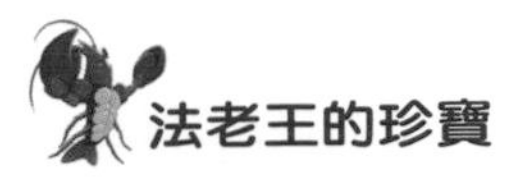

小包裡拿出一個手電筒。啪嗒一聲，一束光線亮了起來。接著，啾颯搖搖擺擺跟在邁克狐身後為他照明，就在光線掃過牆角的時候，啾颯似乎發現了什麼，叫道：「啾啾，看那兒，那是什麼，啾。」

啾颯指著牆角一條非常狹窄的縫隙說：「啾啾，這裡，好臭啊，啾啾。」

邁克狐迅速將目光看向啾颯指的地方。「這是一個通風口，問題應該就出在這裡。」說完，他靠過去，聳聳鼻子，皺著眉頭說：「這裡還散發著一股很難聞的味道，好像……好像是糞便的味道。」

駱駝館長驚呼道：「這裡……這裡是通風口啊，我們為了讓博物館中的溫度和濕度最適合保存收藏品，每天都定時通風。何況這通風口這麼窄，就算千面怪盜能偽裝成任何人，除非他能把身體切成一小塊一小塊，否則絕對不可能從這裡逃出去。而且，通風口怎麼會有糞便的味道呢？」

邁克狐皺著眉頭回憶起來。在斷電之前，他明顯感覺到有風吹進來。

他從口袋裡掏出一根棒棒糖，撕開包裝塞進嘴裡，仔細感受著棒棒糖的甜味。糖分讓他的思考更加快速。「手指尖感覺到的微風，窄小的通風口，如果不是有人從這裡進來，那麼一定是有人從這裡出去了。」

想到這兒，邁克狐立刻朝博物館外衝去。沙漠上刺骨的冷風

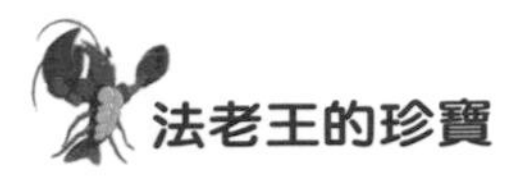

讓邁克狐更加清醒，現在雖然已經快要八點了，但是冬至的格蘭島天空依然是漆黑的。

邁克狐只好藉著探照燈和手電筒的光亮，繞過一棵棵高大的仙人掌，找到了通風口的位置。和展館內部的通風口不同，外部的通風口要大很多，而且通風口處的紗網竟然被人為撬開了。邁克狐湊過去仔細觀察，發現了一小塊黑色的東西。他用手帕把那東西擦下來，它的味道和他們在博物館內聞到的一模一樣。

這時，大家也都趕了過來。邁克狐沒說話，而是看了看一臉疑惑的駱駝館長，欲言又止。隨後，他繼續在地上搜尋線索。

邁克狐抬起頭，濕潤的鼻頭動了動。他嗅到乾燥的空氣中夾雜著那股熟悉的味道，他的目光投向了地上一道道向黑暗處延伸的痕跡。他覺得有些不解，喃喃自語，「奇怪，這個味道好像長了腳一樣，一直在向遠處延伸。」

不知什麼時候趕到的鴕鳥小姐從駱駝館長身後探出頭來說：「哈，開什麼玩笑，味道還能長腳嗎？神探邁克狐也不過如此嘛。你看清楚，這個痕跡是一種叫風滾草的植物留下的，你看！」

說完她朝遠處一指，確實有一團團乾枯的草堆在沙地上滾過，它們也真的留下了類似的痕跡。可是，細心的邁克狐卻發現，兩處痕跡有明顯的不同：風滾草留下的並不規則，而自己發現

的卻是類似推動東西向前滾動的痕跡。邁克狐意味深長地看了一眼鴕鳥小姐，說：「非常抱歉，讓你失望了，鴕鳥小姐，我們狐狸作為犬科動物，嗅覺是非常靈敏的。所以，混在空氣中的任何一點微小的氣味，都逃不過我敏銳的鼻子。」

說完，邁克狐就帶上啾颯，頭也不回地朝著黑暗衝去，啾颯手裡還拿著手電筒，手電筒的光芒很快就被黑夜包圍。雖然和邁克狐意見不合，可是鴕鳥小姐還是遠遠地跟在大家的身後，一直向沙漠深處前進。

不知道走了多久，直到天邊顯出了魚肚白，大家才在邁克狐一聲「找到了」的喊聲中停了下來。

只見數十隻糞金龜正坐在一座小糞球山上大嚼特嚼呢。

邁克狐捏著鼻子把一顆最大的糞球和糞金龜一塊提了起來。但讓人意想不到的是，糞球中間竟然露出了金色光澤。邁克狐也顧不上髒，他直接用手掰開糞球一看，裡面竟然藏著一枚古代金幣。

駱駝小姐看到金幣，兩眼放出光彩，驚喜地說：「犯人找到了，就是這些吃糞球的糞金龜，就是他們把金幣藏進糞球裡，偷偷運出來的。」

邁克狐聽了鴕鳥小姐的話，再看看緊緊抱住糞球的糞金龜，又看看遠處的博物館。他回想起千面怪盜預告信上的語句：「它永不停歇地追隨永恆的光芒的腳步，將璀璨的榮光播灑在沙漠之上……」

這些糞金龜為什麼會把金幣藏在糞球裡呢？難道千面怪盜還能跟昆蟲交流，驅使他們為自己服務嗎？不對，還有一個可能，那就是千面怪盜的目標根本不是金幣！

「糟糕，我們中了調虎離山計了！」邁克狐立刻帶著大家往回跑。可是，就在這時，沙漠中卻突然狂風大作，沙子劈里啪啦打在每個人的身上、臉上，讓人寸步難行。

「快回來，沙塵暴來了，大家快躲在我身後避避風。」駱駝館長迅速趴到地上，用自己高大寬厚的身體為大家遮擋出一片安全區，真不愧是有「沙漠之舟」稱呼的駱駝啊。大家緊緊抱在一起，等待風沙過去。

風聲漸漸小了，沙漠重新恢復了平靜，大家從厚厚的沙礫下面探出頭來，發現風把黑暗驅散了一半。

天亮了。

邁克狐掏出懷錶看了看，距離開館時間只剩三十分鐘了。燦爛的陽光照在沙礫上，把剛從沙礫中冒出頭來的糞金龜的甲殼照得色彩斑斕。

邁克狐分析道：「千面怪盜的目標根本不是法老的金幣，而是懸掛在博物館的那盞燈上的寶石聖甲蟲。因為古代的某個文明把糞金龜當成神來崇拜，古人看到糞金龜用自己小小的身體推著一個巨大的糞球滾動的時候，很自然地聯想到了天上的太陽是不是也是這樣被糞金龜推上天的，而且糞金龜的外形非常漂亮，這些古人認為這種生物一定擁有神奇的力量，所以就把糞金龜做成

科學小站

駱駝

駱駝有「沙漠之舟」的美稱，意思就是在沙漠中，牠們能像小船一樣載著人們行動。駱駝很能忍受饑餓和乾渴，這是因為駱駝的駝峰能夠儲存脂肪，當牠們在沙漠中長時間不進食的時候，這些脂肪會轉化為水分和能量，讓駱駝維持生命。駱駝的腳掌又寬又厚，非常善於在沙漠中行走。牠們的眼耳鼻口，都具有抵擋沙漠塵暴的功能。駱駝真的是太厲害了呀！

了各種裝飾品，希望冀金龜能夠保護自己。」

「哈哈！沒錯，寶石聖甲蟲才是我的目標。不過，邁克狐，你發現得太晚了，聖甲蟲已經在我手上了。鏘鏘——現在是千面怪盜的表演時間！」

大家循聲望去，竟然是不知道什麼時候站到遠處沙丘上的鴕鳥小姐在說話！只見鴕鳥小姐手心一轉，無數白色的紙鶴突然飛出，鴕鳥小姐黑色的羽毛簌簌落下，取而代之的是一身帥氣的魔術師裝扮。接著她將一隻紙鶴托在掌心，砰的一聲，紙鶴變得像一架小飛機，拍拍翅膀，呼的一聲，飛上了天空。千面怪盜也抓住紙鶴的一角，在他們的面前騰空而起。

「寶石聖甲蟲我就收下了，我們下次再見吧！拜拜！」

很遺憾，這次邁克狐和千面怪盜的交鋒又以失敗告終，駱駝館長只好臨時調整了展覽內容，用一幅珍貴的壁畫彌補了聖甲蟲的缺席。邁克狐把這次失敗狠狠記在腦中，憤怒道：「千面怪盜，下次，下次我絕對會抓住你！」

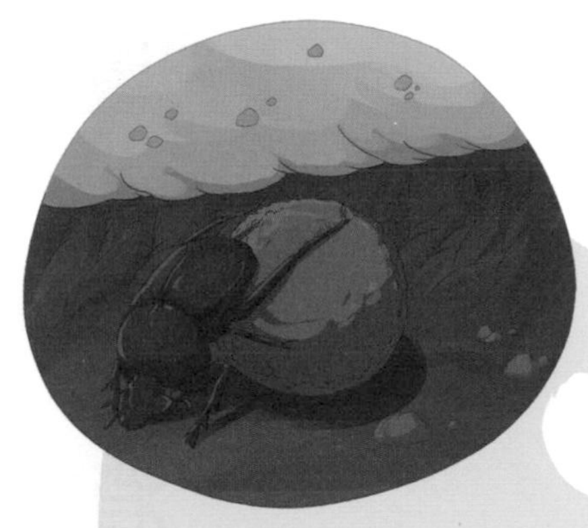

科學小站

糞金龜

糞金龜，也稱為蜣螂，是一類黑色或黑褐色的中大型甲蟲，屬於鞘翅目昆蟲。因為糞金龜以動物的糞便為食，所以牠們被稱為「糞金龜」。牠們將動物的糞便分割成一個個小糞球埋到土壤中，既鬆了土，又為土壤帶來養分。對於維護土壤的生態平衡有很大的功勞呢！對了，別看「糞金龜」這個名字有些噁心，糞金龜在古埃及人的心目中，可是一種神聖的動物喔！

02

消失的魔法師

邁克狐在格蘭島的名氣越來越大，甚至傳到了格蘭島周圍的小島上。這天，一位來自咕咕島度假村的邁克狐粉絲——喬斯先生，誠摯邀請邁克狐來度假村遊玩。

「啾啾！」看到邁克狐這麼受歡迎，啾颯非常開心，他自詡為邁克狐的頭號粉絲呢！

邁克狐扶了扶單邊金絲框眼鏡，有些不好意思地說：「原本我是不想去的，但這位粉絲太過熱情了。」

「熱情，啾？」啾颯有些疑惑。

「他說，如果我不去，度假村的全體員工都會因為失落而無法工作了。」

啾颯感到有些不可思議，心裡想：「這也太誇張了啾！難道是比我還忠實的粉絲嗎！」

說話間，他們就來到了度假村。

「喔，我最尊敬的神探邁克狐先生，我們日夜期盼您的到來，終於見到您了。」迎面而來的是一位拄著拐杖、長著兩撇長鬍子的山羊先生。

「您就是喬斯先生嗎？」邁克狐問道。

山羊先生搖搖頭說：「不不不，我是這裡的村長，西多。喬斯正在準備表演節目，不過喬斯的客人就是我們的客人，這裡所有的設施您都可以免費遊玩！」

度假村裡熱鬧極了，有人在烤肉，有人在摘草莓，還有人在採茶，啾颯都看得眼花撩亂了。

「啾啾！」

西多村長滿足地笑了笑，說：「我們這邊之前一直很冷清，但自從喬斯先生來了之後，馬上人氣就提高了。」

這下子引起了邁克狐的好奇心，他問：「那喬斯先生是做什麼的？」

哪知道西多村長一臉神祕地說：「您到時候就知道了。好了，就不打擾你們的歡樂時光了，盡情地玩樂吧！」

走在村子裡，邁克狐看著一片熱鬧非凡的景象，心中對喬斯先生的好奇越來越深。忽然，一個聲音叫住了他，「哎呀，這不是邁克狐先生嗎？快請進！」

是草莓園的老闆梅花鹿先生在熱情地歡迎他們。

邁克狐有些納悶，為什麼每進一家店，裡面的老闆都認識他。「我真的這麼有名嗎？」邁克狐想起了喬斯先生的信——

「如果您不來，度假村的全體員工都會因為失落而無法工作了。」

邁克狐思考著這句話，眼中透出狐疑的光芒。就在邁克狐和啾颯摘草莓摘得正開心時，背後突然傳來一個粗暴的聲音，「這個月的保護費你今天不交也得交！」

只見一隻凶神惡煞的灰狼抓著梅花鹿先生的鹿角怒氣沖沖地說道，他身材高大強壯，長了一身灰毛，抓住梅花鹿先生的那隻胳膊的肌肉高高隆起。

梅花鹿先生被踢倒在自己的草莓園內，他的梅花斑點染上了草莓的紅色。

「拿，我這就拿！」梅花鹿先生哆哆嗦嗦地向樓上跑去。灰狼臉上露出得意的笑容，可看到梅花鹿先生拿來的錢，他又變得凶惡起來，一拳擊向梅花鹿先生。

「就這麼點錢，騙誰呢？我自己去拿！」

說完，灰狼便朝樓上走去。邁克狐扶起梅花鹿先生，氣憤

道：「這傢伙也太霸道了，這不是勒索嗎？」

「啾啾！」啾颯也跟著表示不滿。

「噓！」梅花鹿先生示意他們小聲點。灰狼從樓梯上下來了，他的手上多了一個錢袋，沉甸甸的。

「這個數還差不多，哈哈哈哈哈……」

說完，灰狼便大笑著離開了。見灰狼走遠，梅花鹿先生悲傷地說道：「這是我們的當地惡霸——灰蠻，我們平時被他欺負久了，都不敢吭聲。」

邁克狐一臉急切地說：「你們可以報警呀！」

「我們這裡太偏僻了，沒有常駐的警察，而且他搶的這點錢定不了大罪，關不了多久就會被放出來，到時候我們更沒有好果子吃……」梅花鹿先生無奈地說，接著他抬起了頭，眼中閃著一絲亮光。

「其實也不是所有老闆都怕他，有一位就不怕。」

邁克狐好奇道：「誰？」

「喬斯。」

喬斯？又是喬斯。邁克狐對這位喬斯先生越來越感興趣了，他急切地問：「那喬斯先生在哪裡？」

於是，梅花鹿先生給邁克狐指了路。邁克狐帶著啾颯向喬斯的場館走去，很快他們便看到一座氣派的大樓，樓前排著長長的隊伍，大樓的看板上寫著：「歡迎來到喬斯魔法世界」。

「啾啾，魔法，真的嗎？」

邁克狐笑了笑，回答：「哪裡有什麼魔法，我想喬斯先生應該是會魔術。」

邁克狐隨即想到，原來喬斯是靠魔術吸引了這麼多遊客。

「哎呀，您是邁克狐先生吧？」維持秩序的羚羊先生驚訝道。

「你也認識我？」

「當然，我們老闆是您最忠實的粉絲，您快請進！」

說完，羚羊先生摸了摸自己的角，挺起身，領著邁克狐和啾颯進了場館。場館內一片喧騰，五彩斑斕的背景牆前是一座燈光閃耀的舞臺。主持人斑馬先生亢奮地說道：「歡迎來到喬斯魔法世界！這是一個全新的世界，神奇的魔法絕對會讓您目不暇給。

接下來歡迎我們最最最最神奇的魔法師——喬斯閃亮登場！」

臺下爆發出雷鳴般的歡呼聲和掌聲，所有燈光都聚集在舞臺上方的一根橫梁上，只見一個矮小身影的尾巴鉤著橫梁，整個身子倒掛著和觀眾打招呼。

「大家好，我就是來自魔法世界的精靈喬斯！」

喬斯撐開一把傘緩緩落下。他長著兩撇八字鬍和尖尖的紅鼻子，眼珠靈活地轉動。

邁克狐一下子就反應過來，原來這個神祕的「魔法師」喬斯先生，是一隻負鼠。

只見喬斯的鬍鬚微微顫動，說道：「大家只知道我是一名魔法師，但我還有一個閃亮的頭銜——演員。」

一件斗篷被甩開，披在喬斯的身上。隨後，一個東西在他手上轉動，原來是一個單邊金絲框眼鏡。喬斯將眼鏡推向鼻梁，神氣地說道：

「任何罪惡都逃不過我的眼睛！」

「啾啾啾！」啾颯驚訝地連連大叫，「好像，啾！」

不少觀眾也跟著叫了起來。

「沒錯，我剛剛扮演的正是我的偶像，他就是——神探邁克狐！」

坐在觀眾席上的邁克狐有些不好意思了。

「那接下來，我要去我的魔法世界走一遭了，一會兒見！」

斗篷被撤下的瞬間，喬斯居然消失了。場下一片安靜，觀眾

都被這神奇的一幕驚得說不出話。

這時，場上出現了一陣煙霧。

「我又回來啦！」

煙霧散盡，只見喬斯先生重新站在了臺上。

「啾，這是怎麼做到的？」

邁克狐一時也沒找到這個魔術的破綻，但他知道這並沒有那麼神奇，魔術一旦被揭開，你會發現原理其實都很簡單。

「哼，魔法！我倒要看看你還能有什麼魔法！」說話的正是灰狼灰蠻，他就坐在邁克狐前一排的位置上。

邁克狐嗅到了一絲不同尋常的危險氣息。很快，演出結束了，觀眾紛紛離場。只見灰蠻氣勢洶洶地朝著臺上的喬斯走去，從二人的表情和動作看來，一場衝突似乎馬上就要上演了。果然，下一秒，灰蠻一把掐住了喬斯的脖子，將他舉了起來。

「不好！」邁克狐急忙跑過去，「住手！」

灰蠻惡狠狠地說道：「邁克狐，少管閒事。」

「快放開他！不然我要報警了！」邁克狐著急地說。

「報警，哼！我又不是要殺他，哎，怎……怎麼……」這時，灰蠻驚訝地發現喬斯全身抽搐，兩眼翻白。他趕緊放手，只見喬斯癱倒在地，張著嘴巴，伸出舌頭，仍在不停地抽搐。

「喬斯先生，你怎麼了？」邁克狐問道。

突然，喬斯不動了，兩眼失去神采，緩緩閉上。

邁克狐下意識地把手放在喬斯的鼻子前。

「啊！」邁克狐腦中嗡的一聲，「沒氣了。」

「怎……怎麼會？」灰鸞猛烈地晃動喬斯的身體，「喂，快起來！聽到沒有！」

「走開！你這個惡棍！」邁克狐一把推開灰鸞，隨後開始按壓喬斯的胸膛。

「醒醒，醒醒！」邁克狐伏在喬斯的胸口，發現喬斯的心跳已經停止了。

「不好了！喬斯死了！」主持人斑馬先生不知道什麼時候走了過來，見到這個場面，大叫著跑開。灰鸞趕緊逃跑。

「站住！」邁克狐一聲大吼，把灰鸞嚇得渾身顫抖，跑得更快了，還弄倒了一大片椅子。

外面已經亂成一團，各店的老闆紛紛去追灰蠻，草莓園的老闆梅花鹿先生也去了。

灰蠻終究還是被抓住了，警察隨後趕到，邁克狐向長頸鹿警官講述了案發經過。

長頸鹿警官聽完後，說道：「看樣子這只是一樁十分平常的案件，凶手一目了然，就是灰蠻。」

灰蠻急忙為自己辯解，「不是我做的！」

西多村長悲憤地說道：「這傢伙一直在我們這裡橫行霸道，一定是他勒索喬斯不成，便狠下毒手。警官先生，您千萬不能饒了他呀。」

梅花鹿先生和各店老闆也紛紛附和，「對，不能饒了他！」

一直窮凶惡極的灰鸞此時卻露出了委屈的表情，急切地反駁，「我只是掐住了他的脖子，並沒有用力啊！」

長頸鹿警官摸了摸喬斯的屍體，說道：

「還說沒用力，喬斯的身體現在都冰涼了。你先跟我走一趟吧，一切都會有公正的裁決！」說完，長頸鹿警官銬住了灰鸞。

西多村長神情激動地說：「警官，絕對不能放他出來啊，他必須要為此付出代價！」

其他老闆也跟著附和，「對！」

灰鸞氣急敗壞地嚷道：「你們好狠毒呀，我不過就是拿了你們一點錢，你們就想讓我坐一輩子的牢！」

就在長頸鹿警官準備帶走灰鸞時，邁克狐突然喊了一聲，

「等等！」

長頸鹿警官問道：「邁克狐先生還有什麼問題嗎？」

「灰蠻說得沒錯，他掐住喬斯的時候，我還在跟灰蠻說話，這時他的手應該不會很用力，喬斯的確不至於就這麼死了，我覺得最好請法醫解剖之後再做判斷。」說完，邁克狐不動聲色地瞥了一眼旁邊的村民。

「解剖？」

西多村長和各店老闆的聲音都有些顫抖了。

長頸鹿警官點點頭說：「邁克狐說得對，我馬上聯絡法醫。」

在等待法醫到來的時候，長頸鹿警官押著灰蠻上了警車，大家都相繼離開場館，只有兩名警員看守。

遊客們紛紛嘆息，「多麼了不起的魔法師呀，真是難以相信他居然也會死。」

「是呀，喬斯先生可是來自魔法世界的精靈啊。」

就在這時，場館內傳來一個令人十分震驚的消息——喬斯先生的屍體消失了！

「這……這……這怎麼回事？」長頸鹿警官問了一名警員。

警員也是一頭霧水，回答道：「我也不知道，喬斯先生的屍體就這麼突然消失了，這實在是件怪事。」

就在大家一籌莫展的時候，主持人斑馬先生叫了起來，「我知道了，喬斯先生肯定是回到魔法世界去了。」

梅花鹿先生也恍然大悟道：「是的，喬斯先生來自魔法世界，所以他死後就被魔法世界的精靈帶回去了。」

長頸鹿警官斬釘截鐵地說：「不可能，這個世界根本沒有這些東西！」

西多村長仍然堅信是魔法帶走了喬斯，言辭懇切地對長頸鹿警官說道：「警官哪，雖然喬斯的屍體已經回到魔法世界，但喬斯的死是事實呀，所以不管屍體在或不在，都不能放了灰蠻啊。」

突然，邁克狐一臉嚴肅地說道：「長頸鹿警官說得對，這個世界從來沒有魔法！」

所有人的目光都轉向了邁克狐，邁克狐卻顯得不慌不忙，問道：「你們誰能告訴我，平日裡喬斯先生表演時究竟是怎麼消失的。」

「這是喬斯的魔法，我們怎麼會知道。」

「既然如此，那我來揭穿這個魔法，」邁克狐推了推眼鏡，自信地說道：「沒有什麼可以逃過我神探邁克狐的眼睛。」

他仔細察看場館地面，所有的地磚都形狀整齊，沒什麼異常。隨後，邁克狐趴在喬斯之前躺過的地磚上，耳朵貼著地面，用手敲了敲地磚。他聽到沉悶的咚咚聲。然後又換了旁邊的磚再敲，還是那樣的咚咚聲。他再換了個地方敲，這次卻傳來了嗒嗒的聲音，這個聲音非常通透。

邁克狐的手停了下來，他站起身望著斑馬先生，說：「這下面是空心的，對吧？」

斑馬先生渾身一抖，往後退了一步。邁克狐望向各店老闆和

西多村長，自信地說：「我要是沒猜錯，這個『魔法』你們都知道，對吧？」

各店老闆支支吾吾，你看看我，我看看你，都不肯回答。

邁克狐突然大聲道：「快說，這塊地磚的機關在哪裡？」

長頸鹿警官驚訝萬分道：「啊，喬斯的屍體是從這裡被運走了嗎？」

邁克狐淡然一笑，回答說：「或許未必是被運走，自己走也是有可能的。」

長頸鹿警官更加疑惑了，問：「自己走？喬斯先生都已經死了，怎麼走？」

現場一陣沉默。

「唉！」西多村長無奈地嘆了口氣，「看來是瞞不住了！」

他用拐杖在地磚上連續敲了幾下。嗒，嗒嗒，嗒嗒嗒。

突然，嘩的一聲，地磚打開了，又嗖地關閉了。開合的瞬間，大家都看到了下面露出的地道。

邁克狐淡淡地說：「西多村長，你還是說出地道的出口吧。」

西多村長垂下了頭，結結巴巴的說：「地……地下室。」

邁克狐像一陣風般飛奔向地下室。

「邁克狐，等等我！」長頸鹿警官大叫，也追了過去。地下室裡一團漆黑，十分安靜。

「邁克狐，你在哪裡呢？」

邁克狐的聲音傳過來，「噓！仔細留意動靜！」

這時，長頸鹿警官的腳碰到了一個毛茸茸的東西。長頸鹿說：「邁克狐，原來你在這裡呀。咦，你的個頭怎麼變矮了？」

「快抓住他！」邁克狐的聲音傳來。什麼？邁克狐的聲音在那邊，那這個是？

就在長頸鹿警官愣住的時候，那個毛茸茸的東西突然一拳打在他的臉上。

「哎喲！」

長頸鹿警官被打倒在地。地下室的門開了，一個身影快速跑了出去。

「別跑！」邁克狐追了出去。

那個身影拚命地逃跑，結果被一根樹樁絆倒，突然一動不動了，就跟死了一樣。

「起來吧，喬斯先生！」邁克狐喊道。

沒錯，躺在地上的正是喬斯先生，他還是和之前一樣表情痛苦，伸著舌頭。

「你裝得的確很像！」

這時，一陣惡臭從喬斯身上傳了出來，薰得邁克狐趕緊捏住鼻子。邁克狐說：「你才剛死，怎麼可能這麼快就有腐爛的味道？現在你演得再像也騙不了我了，優秀的演員喬斯先生！」

喬斯還是一動不動。

邁克狐眼珠一轉，說：「喬斯先生，你再不起來，我們可要對你進行解剖了喔。」

「不要，不要！」喬斯這下才急忙坐了起來。

邁克狐仍然捏著鼻子，但是眼神已經變得非常堅定自信。

「你的本事的確很高明，我也被騙了。我居然忘了，負鼠的裝死本領出神入化，你們可以做到呼吸停止、體溫下降，甚至釋放出腐臭味，和死屍簡直一模一樣。」

喬斯氣憤地說：「我是為了咕咕島度假村伸張正義。」

「所以你演了這齣戲，想嫁禍給灰鸞。這樣，犯下殺人罪的灰鸞就會被送進監獄，恐怕再也出不來了，然後村子就可以得到安寧，對吧？」

「邁克狐，看樣子我小看你了，原本我請你過來是想借你之

負鼠

負鼠是一類外表長得有點像老鼠的有袋類哺乳動物，負鼠寶寶會讓大負鼠背負自己移動，因此得名「負鼠」。負鼠能適應多種環境，大多數不僅能在地上生活，也能在樹上生活，其中水負鼠腳掌有蹼，能夠在水中捕食，白天則在近水的洞穴中休息。負鼠的壽命雖然非常短，通常不超過兩年，但牠們已經在地球上存在近七千萬年了唷！

不只是因為負鼠的適應能力強，還因為牠們驚人的繁殖率。

負鼠的懷孕期只有十幾天，一胎最多可以生下二十隻小負鼠，十四週後，存活下來的小負鼠就能離開媽媽獨立生活了。

手坐實灰鑾的罪名，沒想到——」

「喬斯，」這時，西多村長帶著各店老闆趕到了，「我早就說過這是行不通的，我當時就該阻止你。」

邁克狐望著大家，嘆了口氣，說：「我能理解你們被灰鑾欺負的痛苦，只是你們的做法太不明智了。」

後來，警方派人到咕咕島度假村調查整起事件，收集了灰鑾這些年來作威作福的證據，讓他得到了應有的處罰，而咕咕島度假村也從此走上了正軌。對了，為了感謝邁克狐做出的貢獻，他和啾颯之後在度假村裡所有的開銷都是免費的喔！

03 拳王的殞落

「邁克狐偵探事務所」已經連續幾天無人來訪了，茶壺別墅冷冷清清，幾隻蟋蟀趴在房前的草叢裡無聊地鳴叫著。房子的主人邁克狐此時正坐在幾公里外的一家甜點店，嘴裡含著一根棒棒糖，兩眼無神，時不時打個哈欠。

助理啾颯在一旁安慰道：「啾，格蘭島，安全啾。」

邁克狐換個角度想，對呀，沒人找他辦案，說明格蘭島現在很安定，他應該感到高興才對。但不一會兒，他就改變了這個想法，這源於隔壁桌的對話。

「今天，你準備投誰？」

「當然是拳王鐵山了，誰都別想贏他！」

說話的是一隻綠毛龜和一隻禿頭黃鼠狼，他們的語氣有些神祕，好像有什麼不可告人的祕密。

敏銳的邁克狐嗅到了一絲犯罪的味道，他猜測這兩位是要去看一場帶有賭博性質的拳擊比賽——很可能是一場地下非法拳賽。看來格蘭島只是表面上安定，暗地裡還潛藏著某些不為人知的罪惡。正好他今天沒有穿著自己標誌性的風衣，不太容易被人認出來。

想到這裡，邁克狐起身，走過去試探性地打了聲招呼，「二位！」

禿頭黃鼠狼拿著甜點的手停在半空，一雙精明的眼睛打量著邁克狐，問：「你是誰呀？」

「別緊張，我只是剛好聽到你們提到一場比賽——」

「什麼比賽，沒有比賽！」禿頭黃鼠狼把頭一偏，做出一副死不認帳的模樣。

邁克狐見狀，不慌不忙地掏出兩張大額鈔票放在對方面前。

「別誤會，我啊，就只是想玩一把。」

兩人的表情這才緩和下來，彼此對視了一眼，像是在徵詢對方的意見。

禿頭黃鼠狼很快拿起鈔票，仔細看了看，眼裡透出一絲貪婪的笑意，答應道：「行！」

隨後邁克狐被帶上一輛車，突然，他眼前一黑，一塊黑布蒙在了他的眼睛上。邁克狐下意識地想掙扎，但他很快就知道這只是為了防止自己記住路線，於是他安靜了下來。

等到黑布被摘下時，邁克狐看到一個巨大的鐘乳洞，四面矗立著千奇百怪的鐘乳石，透著一股詭異的氣氛。這時，一張海報出現在他面前，上面寫著「無敵拳王挑戰賽」。

看來就是這裡了。

突然，一道石門打開，強烈的燈光投射而來，同時一陣潮水般的吵嚷聲傳出——裡面就是比賽場館了。

一匹斑馬用命令的口氣對邁克狐說道：「快點，下注！」邁克狐來到投注站，這裡熙熙攘攘，像一鍋燒開的熱水，十分吵鬧。

「我買拳王鐵山贏。」

「我也是！」

拳王鐵山是誰？

他是這裡的拳擊明星，每場比賽會有一名挑戰者來挑戰他，挑戰成功可獲得一筆豐厚的獎金。然而直到現在，拳王都沒有輸過任何一場比賽。

「讓開，讓開！」

邁克狐突然聽到一個凶惡的聲音，只見一隻壁虎氣勢洶洶地走來，他頭纏紗布，看樣子受過傷，但這絲毫無損他的蠻橫，眾人趕緊讓出一條路。

壁虎先生往桌上扔了一大疊錢，大聲道：「我要買挑戰者贏！」

場面頓時安靜下來，然後大家開始竊竊私語。邁克狐從眾人的討論中得知，這位壁虎先生是上一場比賽的挑戰者，被拳王打敗後，很不服氣，還把拳王咬傷了。

一位觀眾小聲說道：「這傢伙有毒，還是別惹他為好。」

隨後，輪到邁克狐下注了，他也買挑戰者贏。當然，是輸是贏，他並不在乎。

比賽馬上開始，拳王鐵山脫掉上衣，露出結實的鎧甲，原來他是一隻龍蝦。作為拳擊手，鐵山的確有先天的優勢，他堅硬的外殼可以抵禦對手的攻擊，而巨大的雙螯則是最有力的進攻武器。此時，鐵山露出一身暗紅色的鎧甲，他的雙螯互相擊打，發出砰砰的響聲，讓場下一片沸騰。

接著，主持人宣布挑戰者蓋伊上場。只見這個叫蓋伊的傢伙穿著一件黑色斗篷，讓人看不清他的模樣，但可以確定的是，他非常矮小。「這小不點怎麼能打敗鐵山呢！」全場響起一陣噓聲。這時，蓋伊脫下斗篷，露出一身青色並有黑斑的皮膚。

原來他是一隻青蛙。

哈哈！一隻青蛙竟敢挑戰拳王鐵山，更可笑的是，他比一般的成年青蛙還要小，要是被鐵山一拳打中，不就一命嗚呼了。

邁克狐有些納悶，「怎麼會有這麼小的青蛙？」

比賽開始，現場安靜下來。

鐵山上來就朝蓋伊揮出一記重拳。

一拳揮出後，鐵山睜眼一看，面前空無一物。鐵山得意地左右看了看，說：「難道這傢伙被我一拳擊飛了？」

「我在這裡呢。」只見蓋伊忽然出現在他身後，一臉淡定地說。

作為一隻青蛙，蓋伊有著出色的彈跳能力。原來就在剛才一瞬間，他直接從鐵山的頭頂跳了過去，然後仗著這項本領，一次次地躲過鐵山的攻擊。

第一輪結束後，鐵山靠著欄杆一角喘著粗氣。他接過青蛇醫

生用尾巴捲來的一瓶水，喝了一口之後，惱怒地看著蓋伊。

到了第二輪，雙方擺出架式，互相觀望。

突然，蓋伊主動出擊了，鐵山眼明手快，一把抓住了蓋伊。

「好！」場下開始歡呼。

蓋伊被高高舉起，嗖的一聲被甩出場外。

「贏啦！」大家激動地叫了起來，「鐵山就是鐵山，不愧是拳王。」

就在這時，一個聲音突然喊道：「快看！他抓住了鐘乳石！」

原來蓋伊雖然被甩了出去，但並未掉下來，他貼住了上方一根倒掛的鐘乳石。

無敵拳王挑戰賽

「好樣的，蓋伊！」

觀眾席上，一群青蛙突然激動起來。作為同類，他們一直為臺上的蓋伊捏著一把汗，突然見到蓋伊這一手攀岩絕技，他們心裡憋著的悶氣一下子釋放出來，於是紛紛跳起為蓋伊吶喊加油。

光滑的石柱泛著油油的亮光，但蓋伊卻抓得非常輕鬆。突然，他雙腿一蹬，身子輕飄飄地落地，再次站到了鐵山的面前。

此時鈴聲響起，第二輪比賽就在觀眾驚愕的神色中結束了。

邁克狐去了一趟洗手間，一路上聽到不少人在暗地裡指責鐵山沒用，連隻青蛙都搞不定。

這時斑馬先生匆忙跑來，像是在找人。突然他眼前一亮，隨即奔向水池旁的青蛇醫生。

「青蛇醫生，鐵山情緒有些不穩定，這次的挑戰者讓他很生氣，你過去看看吧！」

青蛇醫生回答：「好！這就來！」

邁克狐覺得青蛇醫生有點奇怪，斑馬先生叫他時，他像是被嚇得抖了一下，礦泉水都掉到了地上。臨走前，青蛇醫生用尾巴將瓶子捲進了垃圾桶，他的動作有些彆扭，像是刻意不想讓斑馬先生看見。

等邁克狐回到拳賽現場，第三輪比賽已經開始了。只見鐵山發瘋一樣地撲向蓋伊，他頭頂的兩個眼珠瞪得大大的，像是要噴火了。

「啊！」鐵山突然發出一聲慘叫。原來是他用力過猛，一下子撞到了圍欄上。

一身鎧甲的鐵山撞到欄杆上怎麼會疼得大叫呢？

只見鐵山舉起巨螯朝向自己的後背，但由於身體構造特殊，他碰不到自己的後背。一些觀眾隨即反應過來，原來是鐵山撞到了背上被壁虎先生咬出的傷口了。

這時，蓋伊發現了這一弱點，一下跳到鐵山背上，對著他的傷口一陣狂風驟雨般地猛擊。

「啊呀呀呀！」

鐵山更加憤怒了，他迅猛地翻了一個筋斗，將蓋伊摔倒在地。

「鐵山，鐵山！」觀眾興奮起來。

63

鐵山再次將蓋伊高高舉起，蓋伊拚命掙扎，可是怎麼也掙不開鐵山那鋼鐵一般的巨螯。但觀眾很快發現，鐵山像是被定住了，一動不動，表情還有些痛苦。

突然，他渾身一陣抽搐，像是失去了支撐，轟的一聲倒了下去。

這一幕來得太過突然，整個賽場頓時鴉雀無聲。

「鐵山，站起來！」

「鐵山，站起來！」

漸漸地，會場裡響起一聲又一聲觀眾的呼喊，他們關心的都是自己下的賭注，要是鐵山輸了，他們可就虧大了！

可鐵山已經完全失去了知覺，就像一座橫臥的大山，文風不動。

鐵山輸了。無敵的拳王輸了。他輸給了一隻青蛙，一隻弱小的青蛙。

青蛙觀眾呼喊著勝利者的名字。

「蓋伊！蓋伊！」

只見蓋伊披上斗篷，準備領取屬於他的獎金。此時，一位觀眾不甘心地大喊：「不對，鐵山是假輸，他怎麼會輸給一隻青蛙。」

他的抗議得到大批觀眾的回應，然而接下來的事情讓全場都震驚了。

只聽斑馬先生一陣驚叫，「鐵山他……他死了！」

這聲驚叫頓時讓這沸騰的場地再次寂靜無聲。

「鐵山死了，這……這……這怎麼可能！」

今天實在是個不尋常的日子，不斷出現意外，然而就在大家還沒回過神時，一個新的意外緊接著來了。

「警察來啦！」場外有人喊道。

一大群警察將現場團團包圍，斑馬先生等相關人士很快被控制起來。

警察是啾颯帶來的。原來，邁克狐在甜點店時就吩咐啾颯，讓他跟蹤自己，找到拳賽地點後就立刻報警。控制完現場後，警方決定先調查鐵山的死因。據法醫推斷，鐵山有可能是中毒身亡，但具體死因要做進一步鑑定。

河馬警官伸手來抓蓋伊，蓋伊往後一縮。

「憑什麼抓我？」

豬警官上前解釋道：「你和被害人有直接接觸，請配合我們的調查。」

就在這時，斑馬先生突然叫了起來，「我知道凶手是誰！是壁虎先生！」

他的語氣非常肯定，「誰都知道壁虎有毒，鐵山帶傷比賽加快了毒素的蔓延，進而導致了死亡。」

壁虎先生大聲叫屈，「我是在一周前咬過鐵山，但他早該痊癒了。」

邁克狐覺得有必要解釋一下，於是說：「豬警官，壁虎的毒素主要是在尿液中，而且是微毒，咬傷最多是細菌感染，還不至於有生命危險。」

壁虎先生連忙道：「對對對，這隻狐狸說得一點也沒錯！」

豬警官相信邁克狐的話，於是轉頭詢問青蛇醫生。

「青蛇醫生，比賽時鐵山有什麼異常嗎？」

「沒什麼異常。」青蛇醫生看似很鎮靜，但眼神卻有些游移不定。

「鐵山在第三輪比賽中明顯舉止發狂，他為什麼不說呢？」邁克狐很疑惑。突然，他想起了青蛇醫生在洗手間的奇怪舉動。

「那個瓶子！」

邁克狐急忙趕往洗手間。洗手間裡，河馬警官正在洗手，他把手搓得通紅，一邊搓一邊碎念，「奇怪，我的手怎麼這麼癢？哎喲，真的好癢啊……」

這時，他轉頭看見邁克狐在垃圾桶內翻出了一個塑膠瓶。邁克狐顯得很興奮，像是見到了什麼寶貝一樣。

河馬警官一臉疑惑地想：「邁克狐什麼時候變成撿破爛的了？」

瓶子很快被邁克狐送到豬警官面前，豬警官一時弄不清楚，問：「邁克狐，這能說明什麼？咦，這裡面怎麼那麼多死螞蟻？」

邁克狐轉身看向青蛇醫生，說：「青蛇醫生，你應該知道吧？」

「我……」青蛇醫生的臉脹得通紅，開始吞吞吐吐。

「啊！」剛從廁所回來的河馬警官突然一聲驚叫，「我知道了，這些螞蟻是被毒死的，瓶子裡有毒，鐵山是喝了瓶裡的水才——」

青蛇醫生突然大叫起來，打斷了河馬警官的話，「我沒下毒！我要回家了！」說完，青蛇醫生猛地直立起身子，想要透過彈跳的方式離開這裡。

一旁的長頸鹿警官反應過來，一下子按住青蛇醫生的尾巴，緊接著長頸鹿警官感到小臂傳來一陣刺痛。

青蛇醫生張著血盆大口，露出尖牙，咬在了長頸鹿警官的小臂上。豬警官眼明手快，一把鎖住青蛇醫生的頸部，將他牢牢制住，強迫他鬆開了嘴巴。

「完了完了，我中了蛇毒。」長頸鹿警官臉色慘白，他小臂上出現了兩個猩紅的血洞，傷口處鼓成一個饅頭狀的腫塊。

大家趕緊將長頸鹿警官送去醫院。臉色慘白的青蛇醫生終於低下了頭，坦白道：「我只是想讓鐵山輸掉這場比賽，我真的沒有想到他會死。」

邁克狐反應過來，說道：「難怪鐵山後來那麼暴躁，原來是你的蛇毒造成的。」

青蛇醫生沒有否認，突然他用尾巴尖指著壁虎先生，說道：「是他，是他讓我這麼做的。」

壁虎先生緊張地搖頭，否認道：「你不要血口噴人哪。」

「就是你，你輸給了鐵山不服氣，就賄賂我往鐵山的水瓶裡

加了一點點毒液，讓他狀態變差而輸掉比賽。現在事情鬧大了，你也跑不了！」

邁克狐一下子想通了。「壁虎先生，難怪你會買挑戰者贏，原來你早有預謀。」

壁虎先生無言以對，算是承認了。事情真相大白，青蛇醫生和壁虎先生被送上了警車。

一群青蛙立刻圍到豬警官身邊，七嘴八舌地說：

「警官，我們青蛙是無毒的，所以蓋伊先生絕對是無辜的，你們應該放了他。」

豬警官揮揮蹄子，說：「雖然他不是凶手，但是他參與打地下拳賽，也是違法行為，按照格蘭島的法律，是需要繳納罰款的，哼哼。」

「我們替他交。」青蛙們一個個爭先恐後地說。豬警官有些無奈地嘆氣道：「好吧，不過你們也要記住，以後這種活動不能再參加了。蓋伊，先跟我們回警局做個筆錄。」

「記住了，記住了，再也不參加了！」

河馬警官隨後解開了蓋伊的手銬，畢竟他現在已經不是嫌疑人了。手銬一解開，青蛙們就立刻圍上了他們的偶像。

「蓋伊先生，你這麼小的個子，卻敢挑戰鐵山，你太勇敢了。」

「是呀，而且你竟然能貼著鐘乳石又回到賽場，要是我們早就掉到場外了。」

邁克狐聽著他們的話，覺得有哪裡不對勁。

這時，河馬警官接了個電話，高興地說：「豬警官，長頸鹿警官沒有生命危險了。」

豬警官鬆了口氣，說：「還好這小子命大。」

邁克狐好像明白了什麼，突然他注意到河馬警官說話時一直在抓手，他又想到之前在洗手間裡河馬警官洗手的畫面。

「河馬警官，你的手……」

河馬警官有些鬱悶地說：「有點癢，我也不知道原因何在。之前洗了手感覺好了一些，現在又癢到不行了。」

邁克狐仔細一看，河馬警官的手竟然長出了一塊塊紅斑。邁克狐像是發現了什麼似的，趕緊向醫院詢問了鐵山的屍檢報告，得到了一個意料之外的結果。

「任何罪惡都逃不過我的眼睛。」

出了鐘乳洞，蓋伊還在被粉絲們包圍，他有些無奈。一些粉絲想跟他握手，被他拒絕了，還有一些粉絲想和他擁抱，更是被他躲開，他只想趕緊走人。

這時，一輛灑水車經過，突然噴射出一股猛烈的水柱。蓋伊一聲暴怒，「渾蛋！沒長眼睛嗎？」

「蓋伊，你……」

粉絲們大吃一驚。

他們驚訝的不是蓋伊的這一聲怒吼，而是蓋伊的臉。只見蓋伊被水沖刷過的臉流下青色的液體，露出一層金黃色的皮膚。

灑水車內跳出一個身影，正是邁克狐。他望著蓋伊，說道：「果然是這樣！」

蓋伊冷笑地看著邁克狐，問：「邁克狐，你是怎麼發現的？」

邁克狐自信地笑著，開始了自己的推理，「一開始，你的體型就讓我覺得奇怪，一隻正常青蛙的體型怎麼會這麼小。後來你的粉絲又提醒了我，青蛙都在地面活動，不可能貼在鐘乳石上，能做到這點的除非是會爬樹的蛙類，比如腳上有吸盤的樹蛙或者箭毒蛙。我從那時候就開始懷疑你的身分。等我注意到河馬警官的手起了皮疹時，我就完全確定你是箭毒蛙了。因為你們箭毒蛙的皮膚可以分泌劇毒，一旦與肌膚接觸，就會發生反應。你很謹慎，一直不與粉絲接觸，但河馬警官將你銬起來的時候，碰了你的手，後來他幫你解開手銬時，又接觸過你，所以他的手才會出現皮疹。照理說，鐵山也能感覺到，但他的外殼阻擋了你的毒液。不幸的是，他的背上有一道傷口，於是你不斷攻擊他的背，讓毒液順著傷口流入他的體內，進而導致他直接死亡。」

蓋伊不服氣地說：「哼，可是鐵山還中了青蛇醫生的毒，你憑什麼認定是我導致鐵山死亡？」

邁克狐答道：「因為拳王鐵山根本沒有中蛇毒！根據屍檢報告，鐵山的嘴裡和胃腸黏膜完好，而蛇毒一般是透過血液生效。相較於這一點混在水中的蛇毒，你們箭毒蛙的毒性更為致命。尤其是你，黃金箭毒蛙，你是箭毒蛙家族中毒性最強的種類。中了蛇毒的長頸鹿警官幸運地撿回了一命，可如果他中了你的毒，那就真的凶多吉少了。」

粉絲們開始露出畏懼的表情，連連後退。

「蓋伊，你……」

「哈哈……」蓋伊突然發出了猙獰的笑，他脫掉斗篷，擦去身上的青色顏料，露出金黃色的皮膚，上面還滲出一絲亮晶晶的東西。

「邁克狐，我就讓你見識見識我黃金箭毒蛙的厲害！」

「大家快逃！他身上有毒！」邁克狐喊道。

粉絲們四散而逃，蓋伊一把撲向邁克狐。這時一群警察趕到，將蓋伊圍了起來。

蓋伊不斷跳躍，試圖在警察身上尋找可以攻擊的地方，可是

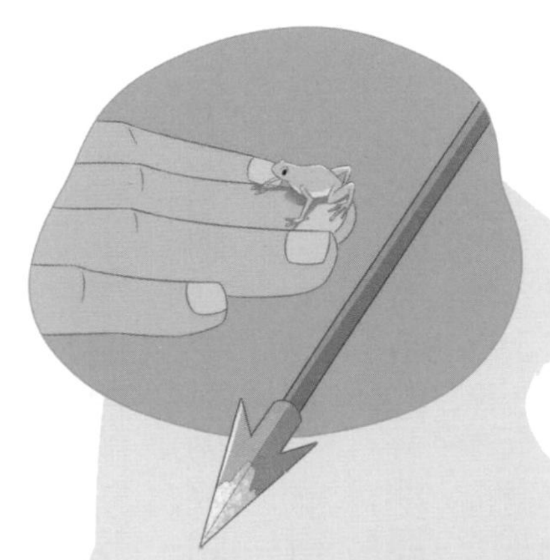

箭毒蛙

箭毒蛙泛指箭毒蛙科的蛙，其成員約有一百七十五種，其中五十五種具毒性，主要分布於南美洲的熱帶雨林，牠們的體形非常小，顏色鮮豔。這些有毒的箭毒蛙的皮膚會分泌毒素，某些種類的毒性極強，足以造成人類或其他動物的嚴重傷害甚至死亡。當地人習慣將箭毒蛙的毒液塗抹在箭頭上再射擊獵物，箭毒蛙的名字就是這麼來的。

警察都穿上了白色的防護衣，將自己包裹得嚴嚴實實，原來邁克狐早已吩咐豬警官做好防護了。

「可惡！」蓋伊氣得上躥下跳。

河馬警官將他一把抓住，再次給他戴上手銬。

「我就說我的手怎麼這麼癢，原來是你害的。」

這時，豬警官送來了屍檢報告，報告顯示鐵山是死於生物鹼中毒。

邁克狐說道：「果然如此，箭毒蛙毒液的主要成分正是生物鹼，蓋伊，你就是凶手！」

格蘭島北部森林的一家工廠開工啦，工廠的廠長宣稱他們使用了最先進的技術，保證不會對環境造成汙染。他邀請了不少人前去參觀，其中就有神探邁克狐。工廠十分乾淨，但邁克狐卻在工廠旁發現一棵樹的葉子變黑了。邁克狐立即指出工廠在汙染環境，而且指出了是什麼物質造成了汙染。邁克狐是怎麼做到的？

啾颯把解答這個問題的線索藏在本書第 40 頁到第 80 頁間的神祕數字裡。請你找到這些神祕數字，再使用書末的偵探密碼本，找出最後的答案吧！

04 失蹤的競賽選手

「先生們，女士們，各位觀眾晚安！歡迎大家來到『叢林勇者』大挑戰的決賽現場！」主持人站在攝影機前，情緒澎湃地解說著比賽實況，「透過大螢幕，我們可以看到從高空拍攝的比賽直播畫面，兩名決賽選手已經出發，他們將通過貫穿森林的衝刺跑、障礙跑和躲避跑三個賽段，一路衝向終點！究竟誰能經過重重考驗，捧走『叢林勇者』的冠軍獎盃，讓我們拭目以待！」

森林中一塊寬闊的空地上高高地立著一面大螢幕。一旁的觀眾席上，動物們仰頭看著，眼睛都不敢眨一下。

邁克狐坐在觀眾當中，一邊觀看比賽，一邊悠閒地吃著棒棒糖。長長的賽道向遠處延伸，很快，兩名選手就會出現在眾人視線之中，衝過終點線。

主持人繼續說道：「此次決賽的選手之一就是觀眾熟知的大明星犀牛比利，另一位是運動健將貓頭鷹唐寧。唐寧在複賽中爪子負傷還堅持參加決賽，不少觀眾被他的毅力打動，現在兩名選手的人氣旗鼓相當。」

然後他將麥克風遞給一位現場觀眾，問：「兔小姐，你認為這場比賽誰會獲勝？」

「當然是犀牛比利！你看他多麼威武雄壯！他可是我的偶像！」兔小姐揮舞著一個犀牛比利形象的玩偶，激動地說。

主持人故意露出一副疑惑的表情，問道：「可是，有觀眾認為，犀牛比利的視力較差。相較之下，他的對手唐寧更有可能獲勝。對此說法，兔小姐你怎麼看？」

兔小姐咂了咂嘴，顯然有點生氣。

「哼！之前的海選賽和複賽，也有考驗觀察力的測試，比利不是都通過了嗎？」

此時，一陣粗重的呼吸聲從遠處傳來。犀牛比利氣喘吁吁，大汗淋漓，身上印有特殊標誌的參賽服都濕透了。

觀眾都屏住了呼吸。近了！近了！他穿過了終點線！犀牛比利贏了！贏了！

犀牛比利的助理立刻迎上前，遞給他一條毛巾。

主持人高高舉起犀牛比利的胳膊，宣布：「結果已經揭曉！獲得『叢林勇者』大挑戰冠軍的選手就是——犀牛比利！比利，請問你此刻的心情如何？」

犀牛比利瞇著小眼睛，揚起柱子一樣粗壯的前足，摸了摸頭上的鴨舌帽，說：「謝謝大家。作為一個公眾人物，為了保持良好的形象，請容我先失陪一下。」說完，他頭也不回地朝森林邊的更衣室走去。

邁克狐遠遠看著犀牛比利的背影陷入了思考，因為剛剛他注意到，這個大明星頭頂的鴨舌帽上居然有兩個小小的破洞。

犀牛比利拿出一把鑰匙，打開更衣室的門，走了進去。

這時，忽然有人問：「咦，貓頭鷹唐寧怎麼還沒跑完比賽？」

大家都不由得一愣，貓頭鷹唐寧的速度和反應能力都非常優秀，今天為什麼會比犀牛比利慢這麼多？觀眾紛紛向比賽的終點線那邊張望，又過了許久，卻連貓頭鷹唐寧的影子都沒看見。

「不會是出了什麼事吧？比賽沿途都是森林，現在又是晚上，貓頭鷹唐寧是不是遇到了什麼危險？」

「不會吧，貓頭鷹不就是在晚上才活動的動物嗎？」

大家你一言我一語地討論著，誰也不知道貓頭鷹唐寧去哪兒了。

邁克狐皺了皺眉，走向這次比賽的主辦人——棕熊先生，在他耳邊悄悄說了兩句話。

棕熊先生點點頭，立即聯繫了直升機上的攝影師。直升機掉轉方向，放慢速度，開始沿著賽道仔仔細細尋找貓頭鷹唐寧的身影。直升機在整條賽道上空來來回回搜索了三次，還是沒找到貓頭鷹唐寧的蹤跡。棕熊先生急得直冒冷汗，自言自語道：「沒想到會在比賽現場出這樣的事。貓頭鷹唐寧該不會是失……失蹤了吧？」

他又轉頭看向邁克狐，棕熊先生那一對小小的耳朵緊張地瑟瑟發抖。「邁克狐先生，您一定要幫我把貓頭鷹唐寧找出來。萬一出了什麼大事，我真的擔不起這個責任！」

邁克狐點了點頭，說：「看來我的假期又要結束了。您放心，我一定會找到貓頭鷹唐寧，畢竟找到了我，就已經邁出了找到真相的第一步。」

邁克狐請棕熊先生通知現場觀眾暫時不要離開，然後，他請攝影師在大螢幕上播放剛才的比賽畫面。

賽道設置在茂密的森林中，鏡頭時而會被樹冠遮擋。畫面中，兩個選手先是不分上下，你追我趕，接著，兩人先後跑到一棵巨大的榕樹底下，然後就從畫面上消失了。很快，犀牛比利衝了出來，而貓頭鷹唐寧卻再也沒有出現。

棕熊先生爪尖指向大螢幕上的巨大樹冠，說：「啊，難道貓頭鷹唐寧是在這棵榕樹底下？」

「嗯，他就是從這裡開始失蹤的。我們需要搜查一下這

裡……」邁克狐想到了一個幫手——狼警官赫恩。他是前段時間剛從克里特國際學院畢業，來到格蘭島警局實習的警員。他勇敢又能幹，不過幾個月，就成了豬警官的得力助手。

不久，狼警官赫恩帶著幾名警員一起趕到了現場。他們很快確定了那棵大榕樹的位置，每個人都打著手電筒，開始地毯式搜索。

大約兩小時後，筋疲力盡的狼警官赫恩擦了擦頭上的汗水，無奈地對邁克狐攤攤手，說道：「我們已經把周圍兩公里內的所有角落都找過了，只差沒把每棵樹都拔起來找。別說貓頭鷹唐寧本人，連他的一根羽毛都沒發現。」

「怎麼會這樣？」邁克狐拿出嘴裡的棒棒糖，低頭沉思起來。

比賽開始之前，在賽場的起點，邁克狐曾經親眼看到貓頭鷹唐寧站在群眾當中。當時兩名選手還接受了採訪，為什麼貓頭鷹唐寧會憑空消失呢？

這時，一陣怒吼聲打斷了邁克狐的思緒，原來是犀牛比利正在跟棕熊先生說話。犀牛比利已經換好了衣服，掀起肥厚的嘴唇，氣勢洶洶地揮舞著拳頭。

「什麼叫比賽還沒結束？貓頭鷹唐寧是不是失蹤，跟我有什麼關係？快給我頒發獎盃，我要回去了！」

狼警官赫恩趕緊走過來解釋，「很抱歉，貓頭鷹唐寧現在還下落不明，請您再稍等一下！」

邁克狐摸了摸下巴，直覺告訴他，貓頭鷹唐寧的失蹤與這位脾氣暴躁的犀牛明星有某種關聯。

這時，兩名觀眾走過來，想要與犀牛比利合照，其中一個激動地說：「哇，比利，你本人比照片還要帥，你今天的衣服也太好看了。」

犀牛比利立即換上了他的招牌笑容，笑嘻嘻說道：「謝謝，我一向重視自己光鮮亮麗的形象，所以參加這類比賽的時候，我總是要求有自己的更衣室。」

「更衣室？」

邁克狐靈機一動，又轉頭看向森林邊的更衣室，一道耀眼的強光引起了他的注意。

他快步走過去。原來，更衣室的屋頂有一扇天窗，此時窗戶正打開著，透出頭頂的月光。

「如果我沒記錯，從比賽結束到現在，只有犀牛比利一個人使用過這個更衣室。」邁克狐抬頭看了看更衣室的天花板，抬起胳膊試了試，「這扇窗戶是從裡面打開的，以犀牛比利的身高，應該是無法碰到這扇窗戶。那麼，打開窗戶的人究竟是誰呢？」

邁克狐找到棕熊先生，問道：「棕熊先生，這間更衣室是根據犀牛比利的要求才設立在這裡的嗎？」

棕熊先生點點頭，回答道：「比賽前，犀牛比利就堅持要求在比賽的起點和終點都要為他準備單人的更衣室，以便他換衣服。但是，因為今天有場地限制，我們才不得不臨時改成兩人共

用的更衣室。」

「那麼，犀牛比利使用更衣室之前，會不會有人提前走進更衣室裡，把天窗打開呢？」

棕熊先生急忙搖頭，說：「你知道，犀牛比利的脾氣不太好，在他使用之前，門和窗戶絕對都是關好的。更衣室的鑰匙只有比利和唐寧兩個人有，天窗也是從裡面鎖上的。」

忽然，邁克狐感覺背後有一道凌厲的目光正看向自己。可是，當他轉身看過去時，那道目光已經消失了。

兩個粉絲帶著犀牛比利的簽名和照片高高興興地走了，犀牛比利還在朝粉絲們揮手致意。

這時，邁克狐察覺到另一件重要的事情——犀牛比利身邊的

助理不見了。

「我得趕快找到證據，救出貓頭鷹唐寧，否則，恐怕凶多吉少！」

邁克狐請攝影師把比賽全程的錄影，以及比賽開始之前貓頭鷹唐寧和犀牛比利接受採訪的錄影再次播放一遍。

很快，大螢幕上出現了採訪的錄影畫面。犀牛比利穿著時髦的嘻哈服，脖子上掛著一大串金鏈，手裡還拎著一個大容量的名牌手提包。緊接著，貓頭鷹唐寧出現在畫面中，他體型小巧，顯得身上的衣服格外寬大，目光卻炯炯有神。

邁克狐的眼睛忽然一亮。「嗯，這是？」

他再次把比賽全程的錄影察看了一遍，興奮地說：「原來在這裡！」

邁克狐向一直跟在自己身後的狼警官赫恩說：「狼警官赫恩，請你和其他幾名警員幫我一個忙。」

「包在我身上！」他聽完邁克狐的囑咐，立刻轉身跑開。

此時，急不可耐的犀牛比利又走了過來，掀起肥厚的嘴唇，搓著手掌，笑嘻嘻地向棕熊先生問道：「呃，請問，我現在可以離開了嗎？您知道，我的檔期非常滿……」

棕熊先生思索了片刻，回答道：「嗯，您應該可以離開了。」他立刻請自己的祕書捧來金光閃耀的獎盃，對犀牛比利說：「真是不好意思，我們也沒想到會出現這種狀況。這是您的冠軍獎盃，恭喜您！」

犀牛比利笑得合不攏嘴，得意地說：「有了這個獎盃，我的人氣一定會更高！」

這時，一個聲音叫住了犀牛比利。

「犀牛比利，你不能帶著獎盃離開，因為，你不僅在比賽中作弊，而且還是導致貓頭鷹唐寧失蹤的嫌疑人！」是邁克狐！聽到邁克狐的話，在場所有的人都驚呆了。

「天哪，不會是真的吧？」

「這可是神探邁克狐！他如果這樣說，我相信一定有他的理由！」

犀牛比利聽到旁觀者的竊竊私語，氣得從鼻孔裡噴出熱氣，一隻腳來回磨蹭著地面，一副怒不可遏的樣子。

「邁克狐，你別無故誹謗我，我可是知名的公眾人物！」

邁克狐冷笑一聲，說：「這次的比賽一共分為三個賽段。第一個賽段是衝刺跑，考驗選手的速度；第二個賽段是障礙跑，考驗選手的力量；犀牛比利，您的速度和力量都毋庸置疑。可是，第三個賽段是躲避跑，賽道上到處都埋下了泥漿地雷，如果沒有很好的視力，想要通過賽道的同時不觸發任何地雷，基本上是不可能的。你是怎麼做到不沾上任何泥點的呢？」

比賽剛結束時邁克狐就發現，犀牛比利的參賽服上連黃豆大小的泥點都沒有。

「如果你覺得我說得不對，可以拿出你的參賽服，讓大家看一看。」

犀牛比利氣得滿臉通紅，卻又說不出反駁的話來。邁克狐繼續說下去，「為什麼犀牛比利的參賽服沒有沾上泥點呢？那是因為，他有一個看不見的幫手從旁協助！這個幫手會在他靠近泥漿地雷時發出預警，幫助他順利完成比賽。之前的海選賽和複賽，恐怕你們也是用這個手法過關的。這個幫手就是你！」

邁克狐指向群眾，大家順著他手指的方向看過去，一隻身材矮小的犀牛鳥站在群眾之中，一時不知如何反應。

犀牛比利正要反駁，犀牛鳥搶先說道：「邁克狐，你別胡說！我怎麼可能是犀牛比利的幫手？你是不是忘了，比賽全程都有攝影機拍攝直播，我一直跟其他觀眾在一起，又怎麼可能跟他一起參加比賽？」

邁克狐笑了笑，又問：「那我想問問犀牛比利，為什麼你的鴨舌帽上會有兩個小洞？如果說，是你的角不小心扎破帽子而造成的，為什麼小洞正好在前後對穿的位置？其實那是你為了讓藏在帽子裡的犀牛鳥能夠觀察周圍情況，才刻意製造的破洞！

「比賽前，你把犀牛鳥藏進手提包裡，帶去更衣室，然後把犀牛鳥隱藏在鴨舌帽底下，帶著他一起參加比賽。完成比賽之後，再去更衣室把他從帽子裡放出來。

「為了不讓觀眾發現破綻，你先從更衣室裡走出來。隨後，犀牛鳥再打開更衣室的天窗，從窗戶飛出去，混入觀眾中。你們用的就是這個手法！

「以犀牛比利的身高，應該搆不到更衣室裡的天窗，所以，

犀牛與犀牛鳥

在大自然中，很多不同物種的動物會自發地相互幫助，犀牛和犀牛鳥就是其中的一對唷！犀牛雖然脾氣暴躁，卻允許犀牛鳥整天踩在自己身上，而犀牛鳥也整天跟犀牛在一起。這是因為犀牛時常受到害蟲的叮咬，而犀牛鳥正是捕蟲的好手，牠們會落在犀牛背上，把害蟲啄食乾淨，這樣不僅能解除犀牛的苦惱，自己還能飽餐一頓喔！犀牛鳥對犀牛還有一種特殊的貢獻：犀牛的視力不好，若是有敵人來偷襲，牠很難察覺到。這時候，牠忠實的朋友犀牛鳥就會發出警報，提醒牠注意，讓犀牛及時採取防範措施唷。

能打開這扇窗戶的，就只有跟著他一起進入更衣室的犀牛鳥，這就是你們作弊的證據！犀牛比利，你不妨現場示範一下，你是否能從更衣室裡打開天花板的窗戶。」

犀牛比利的臉脹得通紅，站在原地一動不動。

邁克狐繼續說：「但你沒想到決賽時，主辦方只安排了一個共用的更衣室。我想一定是貓頭鷹唐寧識破了你的計謀，你才不得不讓他暫時消失。」

棕熊先生全身的毛都豎了起來，憤怒地說：「比賽明文規定，只能單人參加比賽！犀牛比利，我們誠心邀請你參賽，沒想到你竟然違反比賽規定，我宣布取消你的成績！貓頭鷹唐寧到底在哪裡？你趕快說出來！」

犀牛比利繼續反駁，「哼！比賽之前我和貓頭鷹唐寧都接受過採訪，而且，比賽全程都有錄影，貓頭鷹唐寧是在第二個賽段的途中才失蹤的，警方也在賽道上找過了，難道我有什麼魔法，能讓他憑空消失嗎？」

邁克狐不慌不忙地說：「比賽前接受採訪的的確是貓頭鷹唐寧本人，但是比賽進行途中的畫面，卻是你們設計的障眼法，目的就是把我們的注意力都轉向第二個賽段。」

棕熊先生震驚地看向邁克狐。「難道貓頭鷹唐寧是在……」

「沒錯，其實貓頭鷹唐寧根本就沒有踏上起跑線！從比賽開始，到大榕樹之前的賽段，我們看到的貓頭鷹唐寧其實都是犀牛鳥假扮的！到了大榕樹底下，犀牛鳥鑽進帽子，當然就只有犀牛比利獨自從樹冠底下出現了。」

犀牛比利忽然露出狡黠的微笑，「你有什麼證據，說比賽途中的貓頭鷹唐寧是犀牛鳥假扮的？」

邁克狐笑了笑，繼續說道：「直升機從高空拍攝的畫面比較模糊，加上犀牛鳥與貓頭鷹唐寧體型相似，臉部特徵被鴨舌帽遮住，翅膀和身體也被參賽服蓋住了，你們本來可以蒙混過關，但是，你們卻忽略了一個細節。」

「棕熊先生，請你讓攝影師把比賽的錄影重播一次。」

大螢幕上再次出現了比賽剛剛開始的畫面，兩名選手穿著參賽服，站到了起跑線上。

「請在這裡定格，放大畫面。」

犀牛比利激動地指著畫面說：「你看！貓頭鷹唐寧不是就在我旁邊嗎？你……你……這……」

他忽然不說話了。

邁克狐此時臉上露出了輕鬆的微笑。「你怎麼不繼續說下去了呢？大家還記得吧，貓頭鷹唐寧在複賽中爪子受傷，所以他的爪子上纏著繃帶。而畫面中，假扮的犀牛鳥，爪子上是沒有繃帶的。」

觀眾看向大螢幕，又看向犀牛鳥。沒錯，畫面中參賽者的兩隻爪子都好好的，並沒有纏上繃帶，而且，跟眼前犀牛鳥的爪子一模一樣！

狼警官赫恩朝邁克狐跑過來，遠遠地喊道：「邁克狐，我們在樹叢裡找到了貓頭鷹唐寧的參賽服！」

這應該是犀牛鳥離開更衣室之後，為了銷毀證據，趁機丟棄在草叢裡的。

狼警官赫恩一臉嚴肅地走向犀牛比利和犀牛鳥，對他們說：「哼，你們還有什麼話可說？請跟我走一趟！」

犀牛比利忽然大哭起來，「我的公眾形象！我完蛋了！哇——！」

犀牛鳥則氣急敗壞地飛到犀牛比利的頭頂，不停地用爪子抓他。「你還好意思哭！都是因為你，事情才會敗露！」

眼看著狼警官赫恩就要給自己戴上手銬，犀牛比利忽然冷笑了一下，說道：「真可惜，恐怕你們永遠也找不到貓頭鷹唐寧

了。」

就在這時，狼警官赫恩的無線電對講機響了起來。「喂？太好了！哼，你別做夢了！邁克狐早就猜到你會派助理把被你綁架的貓頭鷹唐寧帶走。你的助理已經被我們抓住了，你們一個都別想逃！」

原來，犀牛比利被貓頭鷹唐寧發現自己作弊之後，就把他打暈，藏進了更衣室的櫃子裡。比賽一結束，他就立刻讓自己的助理悄悄回到起點處的更衣室，想要趁著沒人在場，把貓頭鷹唐寧帶走，以免唐寧醒來之後指證自己，沒想到會被邁克狐識破，逮了個正著。

警察們找到貓頭鷹唐寧後，立刻把他送到醫院，幸好他並無大礙。

安頓好貓頭鷹唐寧，狼警官赫恩笑呵呵地對邁克狐說：「邁克狐，這次的事件多虧了你！對了，我覺得這個『叢林勇者』挑戰賽還挺有趣的，既考驗速度，又考驗力量和觀察力。邁克狐，下次我們一起去報名參加吧？」

邁克狐吃了一驚，尾巴抖了抖，說：「還是你一個人去吧，我就不必了，呵呵。」

05 走廊盡頭的房間

清晨，草地上有一層薄薄的白霜，一幢高大的別墅在霧氣之中顯得格外神祕。這裡就是邁克狐的新委託人——黑熊小姐的住所。

邁克狐穿過草地，走到別墅大門前按響了門鈴。

吱的一聲，大門被打開了一道縫隙。

黑熊小姐瞪著一雙圓滾滾的大眼睛，再三確認門口只有邁克狐和啾颯兩個人，才推開門說道：「邁克狐先生，您好，快請進！」

「你好，黑熊小姐。」邁克狐禮貌地鞠躬，「這是我的助理啾颯。」

啾颯也打了個招呼，「啾！你好！」

兩人剛走進大門，忽然，頭頂傳來一陣尖銳的警報聲。這個聲音把啾颯和邁克狐都嚇了一跳，而黑熊小姐卻無動於衷，轉過身解釋道：「不好意思，為了防止爺爺單獨出門而走失，我在大門上裝了警報器。」

邁克狐搖搖頭，表示自己並不介意。他向別墅掃視了一圈：牆上有精美的油畫，由於年代久遠，已經微微泛黃；四面的窗戶

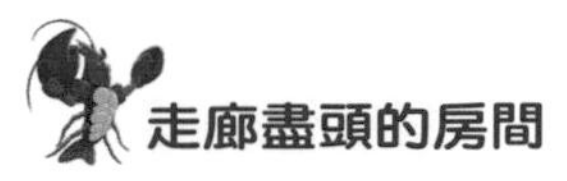

上蒙著灰塵，遮住了玻璃上的彩繪圖案；頭頂的枝形吊燈結了一層蜘蛛網。

吊燈下面是一張沙發，黑熊爺爺坐在沙發正中的位置，手邊斜倚著一根拐杖。他的兩隻眼睛睜著，卻毫無光彩，遠遠看去像是已經睡著了。

黑熊小姐對著黑熊爺爺的耳朵大聲說道：「爺爺，這就是鼎鼎大名的偵探，邁克狐先生！」

黑熊爺爺眨了眨眼睛，忽然高高舉起右爪，大叫一聲，「喲吼吼！加把勁，你們這些壓艙底的小老鼠！」

他的右爪上有一個特殊的印記，在黑色的皮毛中十分明顯。

黑熊小姐嚥下口水，兩隻圓圓的耳朵緊緊貼在腦袋上，說：

「邁克狐先生，我之所以請您到這裡來，就是為了爺爺的事。」

她又向四周看了看，才壓低聲音說道：「這幢別墅裡，時常有陌生的身影出現。可是每次被我發現後，身影就突然消失了。而且，他總是出現在爺爺附近。你們也看到了，我爺爺年紀有些大，也不太清醒了，我好怕他會出事，所以報了警。可是警員在場的時候那個身影從未出現過，現在警員離開了，我還是很擔心……」

邁克狐問：「這種情況是從什麼時候開始的呢？」

黑熊小姐想了想，說：「就是從前天開始的。其實，這幢別墅是我最近透過一位不動產經紀人買下來的。在此之前，這裡已經有十年沒人住過了，我跟爺爺前天早上才搬來這裡。」

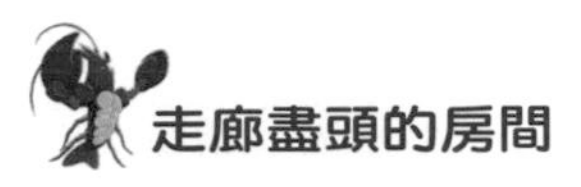

邁克狐追問道：「也就是說，陌生的身影是在你們搬到這棟別墅之後才出現的，是嗎？」

黑熊小姐點點頭回答：「我爺爺是一名水手，長年生活在海上，最近才回到格蘭島定居。我很確定，那個身影是我們搬到這裡之後才出現的。」

邁克狐看了一眼安裝在大門上方的警報器，問道：「陌生身影出現的時候，警報器沒有響嗎？」

「沒有。要不是剛才警報器突然響起，我都要懷疑它是不是壞了。」黑熊小姐說著，又鄭重地看著邁克狐，「我擔心，爺爺現在的處境可能非常危險！邁克狐先生，請您一定要幫幫我！」

邁克狐點點頭，取下單邊金絲框眼鏡，用風衣的一角擦了擦，說：「請你放心，我一定會揪出那個不速之客，任何罪惡都逃不過我的眼睛。」

邁克狐帶著啾颯一起，先把別墅裡的所有房間都檢查了一遍。

大門正對著寬敞的大廳，大廳的左邊有三間臥室，右邊有兩間客房，還有許多其他房間。所有的窗戶都鎖得好好的。

除了兩個客房有打掃過的跡象，其他房間全都蒙著厚厚的灰塵。

客房裡還堆放著高高的一落紙箱，最上方一個打開的箱子裡放著黑熊小姐的生活用品。

「看來，黑熊小姐剛整理完兩間客房，其他房間還沒來得及

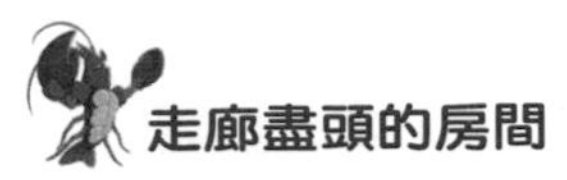

打掃。」邁克狐站在走廊盡頭的小臥室裡，掏出一根棒棒糖，認真地思考著，「所有窗戶都是從裡面上鎖的，窗臺上都是厚厚的灰塵，沒有留下任何痕跡。由此可見，陌生身影並不是從窗戶出入別墅的。也就是說，大門應該是進出別墅的唯一通道。可是，身影出現時，警報器卻沒有響，為什麼會這樣？」

他的視線落在房間的一個角落，那裡放著一張小小的兒童床，與另外兩間小臥室裡的床一樣，是木質的床板，造型十分可愛，只是蒙上一層厚厚的灰塵，勉強能看出它曾經是一張天藍色的小床。

奇怪的是，床板上還有一張沒被撕掉的標籤。

「啾，標籤？啾？」

邁克狐分析，「標籤還沒撕掉，說明這張床大概沒被使用過。」他再次掃視四周，然後走向一張書桌，拿出放大鏡仔細觀察起來。

書桌的四個桌腳底部都有明顯的磨損痕跡，說明書桌是被人使用過的。

他摸了摸下巴思考著，「如果說這裡曾經有人生活過，又為什麼沒有使用房間裡的床呢？」

邁克狐正想著，突然聽到大廳裡傳來一記尖叫聲。

「是黑熊小姐！」

邁克狐和啾颯對視一眼，立刻衝向客廳。

黑熊小姐站在沙發背後，兩隻爪子緊緊捂住眼睛，全身都在止不住地顫抖。

邁克狐又看向沙發，黑熊爺爺毛茸茸的肚皮一起一伏，腦袋歪向一邊，巨大的呼嚕聲從他的嘴裡傳出來，顯然已經睡著了。

邁克狐看看周圍，並沒有發現可疑的事情，但是黑熊小姐那驚慌的樣子明顯是看到了什麼。

「黑熊小姐，究竟是怎麼回事？」邁克狐問。

由於太過害怕，黑熊小姐的聲音都有些顫抖，「剛才，我看到爺爺睡著了，就去客房裡給他拿了一條毯子，等我回到客廳，就……就看到一個身影站在大門背後的陰影裡，手裡還拿著一把閃著寒光的匕首！」

邁克狐仔細審視四周，周圍半個可疑的身影都沒有，看來不速之客已經從大廳逃走了。

「那個人應該還沒跑遠！黑熊小姐，你看到他往哪個方向跑了嗎？」

黑熊小姐仍然低聲哭泣，說：「沒……沒有……」

撲通！

這時走廊盡頭傳來一聲奇怪的聲音，好像有什麼東西掉進了水裡。

邁克狐和啾颯立即衝向走廊盡頭的房間，一把推開房門。

可是，房間裡靜悄悄的，什麼動靜都沒有。

「可惡！居然讓他跑了！」

小臥室的空氣中瀰漫著水氣和發霉的味道，讓人呼吸時感到很不舒服。

邁克狐揉了揉鼻子。忽然，他腦中靈光一閃，立刻拿出放大鏡，趴在地板上仔仔細細搜查起來。

他掀起滿是灰塵的地毯，發現木地板靠牆的位置，有一條大約半個手指寬的縫隙。邁克狐把手指伸進縫隙裡，使出全身的力氣向上搬動木板。

伴隨著一聲沉悶的巨響，木板居然被高高掀了起來，露出下方一個寬大的水池。

「水池？啾！」

邁克狐解釋道：「剛才走進這個房間的時候，我就感覺到，這個房間非常潮濕，看上去像空氣不流通、大量水氣蒸發導致的。所以，我懷疑這裡可能有很大的蓄水容器，果然如此。」

他取出放大鏡，沿著水池的邊緣察看，發現了一些水漬。

邁克狐推測，「剛才我們聽到的水聲，很可能就是有人跳進水池時發出來的。」

水池的池底是一層厚厚的淤泥，混濁的池水裡看不到半個人影。

「他不可能憑空消失。這個水池一定能通向某個地方。」邁克狐正說著，就聽見「撲通」一聲。

啾颯已經脫去小背心，搶先跳進了水池。「啾，探路，啾！」

「當心，啾颯！」邁克狐趕緊叮囑道。

啾颯已經潛入池底，向邁克狐招了招手，表示自己沒事。他

一轉身，向水池的角落游過去。

過了許久，啾颯終於冒出水面，甩乾身上的水，然後穿上小背心，興匆匆地說道：「啾！大海，啾！」

「你是說，這個水池可以通向大海？」

啾颯點點頭，又說：「啾，隱祕！啾！」

「幹得好，啾颯！這可是個重大發現！」邁克狐拍了拍啾颯的頭，以示鼓勵。

他們走回大廳，看見黑熊小姐還站在原地，她似乎還沒從剛才驚心動魄的一刻中回過神，她擔心地問：「邁克狐先生，那……那個身影……」

邁克狐安慰道：「暫時沒抓到。不過，我想，我已經找到那位不速之客進出別墅的祕密通道了。」

黑熊小姐拍了拍自己的心口，她的心臟還在怦怦怦地急遽跳動。「真是嚇死我了。」

邁克狐問道：「當時你有沒有看到陌生人的臉部或者身體特徵？」

黑熊小姐搖搖頭說：「他縮在大門背後的陰影裡，而且戴著面具。我只看到那把匕首的寒光，還有……」

她的聲音又顫抖起來，「還有，面具底下露出的兩隻眼睛，射出凶狠的光，直勾勾地看著爺爺。」

啾颯急忙為黑熊小姐端來一杯茶，希望能安撫她緊張的情緒。

「我……我實在是無法忍受了。這房子我不住了，我要搬出去！」黑熊小姐跑到電話前，撥打一組號碼。

「喂？海獺先生！我要求退款！這棟別墅我不要了！」電話另一頭傳來不動產經紀人海獺的聲音，「請您先不要激動，我現在在海灣對面，明天一早我就趕過來，我們當面談好嗎？」

黑熊小姐掛掉電話後，深深嘆了口氣，「非常抱歉，邁克狐先生，恐怕要讓您白跑一趟了。」

「請不要著急，我相信，真相很快就會浮出水面。」邁克狐瞇了瞇眼睛，一邊努力回想著什麼，一邊自言自語道：「海灣別墅，十年前……」

他借用黑熊小姐家的電話，聯絡警局裡的狼警官赫恩。「狼警官赫恩，請你幫我查一查，有沒有一起十年前發生在一棟海灣別墅的入室搶劫殺人案，我記得被害者是白兔一家，請盡快把資料傳給我。」

狼警官赫恩回答：「好的，我馬上去查！」

邁克狐掛掉電話，發現沙發上放著一張名片，應該是黑熊小姐剛才放在那裡的。

名片上有一張照片，照片裡的海獺穿著筆挺的西裝，頭上的毛梳向一側，一副溫文爾雅的樣子。照片旁邊寫著一行字：「不動產經紀人海獺迪諾。」

很快，一隻鴿子送來了邁克狐囑咐狼警官赫恩找的資料。

邁克狐快速翻看資料，眼睛亮了起來。「果然，和我想的一樣。」

當天夜裡，黑熊爺爺早早躺在床上，很快就睡著了。黑熊小姐關了燈，輕輕關上了門。

黑暗中靜悄悄的，能清晰地聽到窗外一陣陣狂風呼嘯的聲音。

這時，門忽然發出輕輕的響聲。有人推開房門走了進來。他走到黑熊爺爺床前，慢慢抬起手，一把匕首映著窗外的月色，發出寒光。正當那個影子要將匕首往下按時——

「住手！」

房間裡的燈突然亮了起來。

啾颯偵探筆記

事件：黑熊爺爺受到陌生人影的威脅

地點：黑熊小姐的別墅

已知線索：

1. 所用的窗戶都是__________鎖上的，窗臺上都是__________，沒有留下任何痕跡，所以，陌生人影不是從窗戶出入別墅的。
2. 大門是出入別墅的__________，然而人影出現的時候，警報器__________。
3. 房間有人生活過，但是兒童床的標籤__________，說明__________。
4. 房間裡有一個__________，通向__________。
5. 別墅原來的主人是白兔一家，白兔不會__________。

看著這些線索，啾颯的腦袋裡一團亂麻。小偵探你有什麼想法？

在這裡寫下你的猜測吧：

邁克狐和啾颯站在黑熊爺爺的床前，神色嚴厲地看向這位神祕的不速之客。

不速之客顯然被邁克狐嚇到了，身體顫抖起來，手裡的匕首也掉落在地。黑熊小姐衝上前去，一把扯掉陌生人臉上的面具。面具底下，居然露出了海獺先生的臉。

啾颯憤怒地叫道：「啾！海獺先生，啾！」

海獺先生沉默了一會兒，慢慢恢復了鎮定，回應道：「你們是不是誤會了，我……我只不過有點擔心黑熊爺爺，所以來看看。」

「別再說謊了，海獺先生！黑熊小姐這兩天在別墅裡看到的身影就是你！」

海獺先生慌亂地揮著爪子解釋道：「不是！你們弄錯了！這是我第一次進入這個別墅！」

邁克狐冷冷一笑，問：「哦，是嗎？那麼請問你為什麼沒有觸動大門上的警報器？其實，那是因為你並不是經由大門，而是透過走廊盡頭的房間裡與大海連通的水池進入別墅的！你利用這條通道，這幾天在別墅裡神出鬼沒。這條通道非常隱祕，既然你是第一次進入這幢別墅，請問，海獺先生，你為什麼會知道這條通道？」

海獺先生聽後垂下了頭。突然，他的臉上現出一抹冷酷的微笑，與照片上溫文爾雅的樣子判若兩人。

「好吧，我承認，這幾天偷偷潛入別墅的就是我。不過，我

只是在惡作劇，嚇唬嚇唬兩隻黑熊而已。邁克狐先生，惡作劇不算重罪吧？」

邁克狐搖搖頭說：「恐怕你的目的不是惡作劇這麼簡單。十年前住在這裡的白兔一家遭到強盜入室搶劫，並被殘忍殺害，一家四口無一倖免。其實，白兔一家還有第五個成員，那就是你，海獺先生！走廊盡頭的房間就是你過去使用的臥室。當時我就覺得很奇怪，白兔是不會游泳的動物，為什麼別墅裡還會有室內水池呢？其實那是因為，海獺睡覺的時候喜歡浮在水面上，而不是躺在床上。現在你重新回到這幢別墅的目的，是為了替死去的白兔一家向黑熊爺爺復仇。」

邁克狐拿出狼警官赫恩給的資料，補充道：「我朋友提供的資料，就是證據！」

黑熊小姐一聽，搶過邁克狐手裡的資料來看，其中有白兔一家遭遇入室搶劫被害的新聞報導，報紙上赫然刊登著殺死白兔一家的凶手照片。照片上那戴著海盜帽子的黑熊面目模糊，但是右爪上的印記卻讓人不得不注意。仔細一看，黑熊爺爺右爪上也有這樣的印記。

「第一次看到黑熊爺爺的時候，他無意間說出了一句海盜的黑話，那時我就猜到，他曾經是一名海盜！」

黑熊小姐一時難以接受，

癱坐在地上，緩緩地說：「難怪爺爺十年前突然離開格蘭島，原來是因為這件事。」

她的爪子一鬆，手中的資料散落在地，除了搶劫案的新聞報導，資料中還有一份領養證明。領養證明上寫著，領養人是白兔夫婦，而被領養的正是一隻海獺。

海獺先生跪坐在地，深深嘆了一口氣，「邁克狐，你說得沒錯，我是來找黑熊復仇的。我是白兔家收養的孤兒，十年前，黑熊突然闖進別墅，不僅搶劫了財寶，還殺害了我的家人。只有我一個人，因為會潛水，透過臥室裡的水池逃跑了。那個時候我只是一個小孩，我怕黑熊會找到我滅口，所以只能遠遠地逃走。但是，我下定決心，等自己長大後，一定要親手向害死我家人的黑熊復仇！」

海獺先生說著，眼中迸射出凶狠的光芒。「如果不是因為你，邁克狐，我早就復仇成功了！」

說著他撿起地上的匕首，朝邁克狐撲來。

「啊！」黑熊小姐嚇得連連後退，險些暈了過去。

「啾！」啾颯也尖叫一聲，馬上撒開腿朝邁克狐的方向跑，可是他離得太遠，根本來不及救邁克狐。

海獺先生口中發出尖銳的嘶吼聲，「邁克狐！」

邁克狐卻站在原地，一動也不動。

突然，兩個人影飛一般地從門外衝了進來，反扭住海獺先生的胳膊。海獺先生拚命掙扎，卻無法掙脫對方。那把匕首「哐啷」

一聲掉落在地上。

狼警官赫恩給海獺先生銬上了手銬，對他說：「不許動！束手就擒吧！」

原來，邁克狐下午就通知了狼警官赫恩，別墅裡的人可能有危險，要他帶著其他警員早早埋伏在附近。

海獺先生和黑熊爺爺都被送上了警車。

狼警官赫恩輕輕嘆了口氣，說：「根據我查到的資料，十年前那起搶劫殺人案發生之後，罪犯就消失了。警方找到了四具屍體，卻找不到唯一的倖存者，也就是被領養的海獺，這件事也只好不了了之。」

邁克狐點點頭說：「海獺有意躲藏了十年，就是為了有一天

科學小站

海獺

海獺是最小的海洋哺乳動物，大都生活在北太平洋的寒冷海域。牠們非常擅長游泳和潛水以尋找食物，夜間枕著浪花睡覺時，為了不讓彼此漂離，會將海藻纏在身上，還會和同伴手牽著手，防止被海浪沖走。牠們的毛皮極為濃密，每平方公分的皮膚有多達數萬根毛髮，堪稱動物界之最。

能向黑熊爺爺復仇。」

啾颯用小翅膀摸了摸腦袋，問道：「啾，啾？」

邁克狐看向啾颯。「你是問我，海獺先生舉著匕首衝向我的時候，為什麼不害怕？」

啾颯點點頭，「啾！」

邁克狐神祕地一笑，向啾颯眨了眨眼睛，說：「那是因為我早就料到了他的動作，並做好了準備。」

06 陽光飯店謎案

一艘遊輪正行駛在蔚藍的海面上，雪白的浪花翻滾著向後退去。燦爛的陽光將金黃的光暈點綴在甲板的兩個身影上，他們就是即將開始度假之旅的神探邁克狐和他的助手啾颯。經過一段時間的忙碌工作，他們倆終於能好好放個假了。

啾颯興奮地拍打著翅膀，指著遠處的賽斑島，用自己不熟練的通用語說：

「啾，賽斑島，度假，啾啾！」

邁克狐的風衣被海風吹得高高翻起。他揉揉啾颯頭頂柔軟的羽毛，看向遠處那閃光的小島說：「希望如此吧。」畢竟作為一名偵探，邁克狐似乎真的有吸引案件的能力，每次一想要休息，就會遇到案件。

隨著汽笛聲的響起，遊輪很快靠岸了，他們踏上了擁有雪白沙灘的賽斑島，沙灘上一條條充滿海水的圓柱式玻璃通道一直延伸到海中，這是為了讓海裡的動物能穿過通道到岸上，享受岸上的服務。

邁克狐看著一條條海豚、比目魚，甚至還有章魚在通道中穿梭，說道：「沒想到這裡竟然有這麼新奇的設施。」

啾颯看著暢遊的魚兒真是羨慕極了，他揚起小下巴，飛快地拍打著小翅膀，激動得連通用語都忘了說，啾啾啾地說了一大串。

邁克狐聽著啾颯的話，才知道這種設備在格蘭島上早就有了，只是自己一直生活在寒冷的北方，所以不常見到而已。邁克狐虛心受教，從自己的口袋裡拿出一根棒棒糖遞給啾颯，誇獎道：「作為一個偵探，最重要的就是留心觀察周圍的事物。啾颯，你學得很快。」

啾颯的小臉唰的一下紅了起來，趕緊轉過身去，不好意思地啾啾叫了兩聲。

愜意的休閒時光過得很快。在他們前往飯店的時候，一陣呼喝聲從不遠處的那幢白色建築物門前傳來。幾十條鱷魚正拿著各種各樣的工具破壞飯店。

有的鱷魚拿木棒朝飯店的玻璃大門用力一揮，砰！巨大的玻璃應聲落地，碎成了無數小塊。

有的鱷魚用各種顏料，朝雪白的牆壁上胡亂噴塗，不一會兒，飯店的外牆就變得亂七八糟。更過分的是，還有三條強壯的鱷魚正在飯店門口虎視眈眈。邁克狐看看手中的訂房確認單，又抬頭看看建築上掛著的四個金色大字。

「陽光飯店，看樣子我們到達目的地了。」

誰知，那幾條凶神惡煞的鱷魚卻朝著他們兩人走來，攔住了去路。幾條鱷魚張著巨大的嘴巴，露出閃著寒光的鋒利牙齒，有

力的爪子一下推在了邁克狐的肩膀上，把他的眼鏡都撞歪了。

一條鱷魚大搖大擺地走過來，露出自己結實的肱二頭肌，惡狠狠地說：「這家飯店不營業，趕快離開，否則別怪我們對你們不客氣，哼！」

啾颯被這幾條龐然大物凶狠地盯著，早就雙腿發抖，牙關打顫，一把抱住邁克狐的大腿，躲進了風衣下襬裡。邁克狐擋在啾颯前面，扶正了單邊金絲框眼鏡，非常有禮貌地回答：「抱歉，各位先生，我們在陽光飯店訂了房間，不能臨時取消。如果你們沒有其他事情，恕我失陪了。」

說完，邁克狐便帶著啾颯朝飯店走去。鱷魚一夥沒見過這樣不把他們放在眼裡的人，於是幾條鱷魚蜂擁而上朝邁克狐撲去。

不過，別看邁克狐的戰鬥力不強，狐狸作為犬科動物中的一員，感官可是非常敏銳的。他的耳朵一動，剛好捕捉到這三條鱷魚的動向。邁克狐彎腰一躲，躲過一條鱷魚揮來的一爪，接著又拉著啾颯的衣領向上一躍，恰好躲過了另一條鱷魚橫掃過來的尾巴。正當他們以為安全的時候，誰知道身後竟然衝出一張朝他們張開的嘴巴，馬上就要咬住啾颯的腿了。啾颯眼見自己要成為鱷魚口中的大餐，嚇得胡亂拍著翅膀，大聲呼救。

就在這千鈞一髮之際，一隻肌肉強壯的袋鼠突然從飯店一躍而出，他結實又粗壯的後腿用力一蹬，高高躍起，直直地朝鱷魚的頭上踩去，咚的一聲，鱷魚被踩到了地上，暈了過去。

「啾，得救了，啾！」啾颯拍拍胸脯，轉眼看到另外兩條鱷魚齜牙咧嘴地衝過來。正當啾颯害怕的時候，那隻強壯的袋鼠擋在了他的面前，渾身的肌肉鼓起，說：「袋鼠的忍耐是有極限的，你們別太過分了！」

鱷魚們凶神惡煞地想要靠近，卻忌憚這隻袋鼠的戰鬥力，不敢上前，場面一時之間陷入了僵局。

這時，身穿西裝的鱷魚董事萊利和一隻頭髮花白的老袋鼠一起從飯店走了出來，鱷魚董事萊利滿意地看了看這一地狼藉，露出邪惡的笑容，說：「老傢伙，趕快簽約，不然，我們的手段可不止這些，哼。」

老袋鼠經理只是無可奈何地苦笑著，連連討好地說：「您放心，今天一定給您答覆。」

鱷魚董事萊利很滿意老袋鼠經理的回答，他輕蔑地一笑，招呼自己的手下大搖大擺地又進入了飯店。看見鱷魚們走遠了，老袋鼠經理這才鬆了一口氣，慢慢走進了飯店裡，本就有些佝僂的背更彎了。

站在一旁的袋鼠怒火中燒，咬牙切齒地說：「哼，早晚有一天我要好好教訓一下這隻臭鱷魚。」邁克狐的眉頭緊緊鎖在一起，而他身旁的啾颯更是氣得臉頰鼓起、眉毛豎起，啾颯憤憤不平地想：「要不是我個子小、體力差，一定要好好修理這隻討人厭的壞鱷魚。」

袋鼠忽然想起什麼，回頭看著邁克狐和啾颯，委婉地說：「非常抱歉讓您遇到了這樣的麻煩。請稍等一下，我馬上為二位安排入住。哦，對了，忘了自我介紹，我是這家飯店的服務生袋鼠喬。」

這時，一隻站在牆角的袋鼠吸引了邁克狐的注意。她穿著清潔員的制服，憤怒地注視著牆上被鱷魚們破壞的痕跡，默默地握緊了拳頭。她身後的那輛清潔推車上，一架摺疊梯子和一把長長的掃把都沾著一些奇怪的白色絲狀物。

注意到邁克狐的視線，袋鼠喬介紹道：「先生，她是我們飯店的清潔員尼奧，負責整個飯店的清潔工作。」

邁克狐的眼鏡片在陽光下一閃，他和啾颯一起走進了陽光飯店。

接著，邁克狐在袋鼠喬的幫助下辦理了入住手續，然後又帶著啾颯在飯店裡閒逛。邁克狐一邊走，一邊在腦中繪製出飯店的大致構造：整座飯店呈凹字型建造，主樓為客房，主樓兩側分別是由玻璃牆建造的餐廳和舞廳，中間的空地建成了植被茂密的植物園。

邁克狐看著遠處的大海，啾颯則靠在明亮的落地窗前，胖胖的翅膀和臉頰都被壓得變了形，他讚嘆道：「啾啾，真美，啾！」

這時，一陣咕嚕咕嚕的聲音響起，原來是啾颯的肚子不爭氣地叫了起來。啾颯難為情地一下捂住肚子，臉也跟著紅了起來。

邁克狐揉揉啾颯的頭，溫和地說：「走吧，我們去餐廳吃點東西。」

兩人穿過寬闊的大堂，朝左側的餐廳走去。誰知來到餐廳，剛一打開大門，邁克狐就被房間裡震耳欲聾的音樂聲震得說不出話來。只見四條身材肥胖、四肢笨拙的鱷魚把桌子當作舞臺，正站在上面模仿小天鵝跳芭蕾舞呢。他們揚起長長的下巴，踮著腳尖跟著音樂歡快地跳起舞來，可是桌子還是被他們震得噹噹作響，畫面看起來十分滑稽。

邁克狐和啾颯捂住耳朵，在靠近門口的位置坐下。

接著，老袋鼠經理走過來為邁克狐和啾颯點餐，點餐之後，他竟然鼻子一酸，差點落下淚來，嘆氣道：「唉，我經營這家飯店已經有十幾年了，它幾乎傾注了我全部的心血呀！可是就在一

周前，鱷魚集團的人來到了賽斑島上，非要買下島上所有的飯店不可，只要有人不同意，就會被鱷魚們整得很慘，大家也都不敢報警。唉，您也看到了，現在偌大的飯店就只剩下服務生喬、清潔員尼奧，還有我三隻袋鼠了。喬現在還在飯店大門打掃碎玻璃，我們的服務不太周到，請見諒。不過你們也可能是我們最後接待的客人了，唉！」

說著說著，老袋鼠眼眶一紅，落下淚來，他趕緊擦掉眼淚，滿懷歉意地說：「您看看我，和您說這麼多做什麼呢？真是抱歉，希望我的傷心事不要打擾到您度假的好心情。」

邁克狐連連搖頭說不會影響，老袋鼠便離開了餐廳，去為他們準備食物。

之後，清潔員尼奧充當了服務生，為鱷魚們端來了酒，隨即便離開了餐廳。沒過一會兒，鱷魚董事萊利猛地從座位上站起身，從邁克狐身邊匆匆走過，也離開了餐廳。

邁克狐觀察到有一張小小的紙片從萊利的指縫裡露了出來，雖然是很小的一片，可還是沒能逃過邁克狐的眼睛。

很快到了換歌的時間，餐廳終於安靜了下來。就在這時，一道刺眼的光亮照進了餐廳，眾人朝著光照射過來的方向看去，原來是隔壁舞廳的水晶吊燈無緣無故晃動了起來，接著，水晶吊燈便向下墜落。轟隆一聲巨響之後，大家都聽到了一聲慘叫，聽起來像是鱷魚董事萊利的聲音！

「這聲音……難道……啾颯，我們得過去看看。」邁克狐說道。

隨後，邁克狐便朝著案發現場衝去。啾颯抱著咕嚕咕嚕直叫的肚子也跟了上去，心想：「唉，邁克狐說得沒錯，看樣子假期又要泡湯了啾。」

邁克狐迅速朝舞廳的方向跑去，只見清潔員尼奧正站在門口，扭動著把手用力推門，可大門卻文風不動。

接著，她後退幾步，猛地將大門撞開。這時，邁克狐也趕到了門口，他的眼前出現了非常可怕的景象：

鱷魚董事萊利正倒在地上，而他的身上竟然壓著那盞巨大的水晶吊燈。

清潔員尼奧一個箭步衝進去，兩下就跳到舞廳中央，彎腰在

鱷魚董事的脖子上摸索，回頭朝大家喊道：「他被水晶吊燈砸中了，傷勢很重！」

聞聲趕到的眾人都聽到了她的話，老袋鼠經理站在門口差點暈過去，不過恰好被趕來的服務生喬扶住了。

老袋鼠經理扼腕道：「哎呀，怎麼會發生這樣的事呢！我們飯店該怎麼辦啊，怎麼辦啊！」

可是服務生喬卻是一副很開心的樣子，說：「這難道不是報應嗎？他這麼可惡，被吊燈砸到有什麼奇怪的！哼，他這是罪有應得！」

幾條鱷魚看到自己的老大被砸傷，非常生氣，齜牙咧嘴地要衝上來。「哼，這一定是你們幾隻袋鼠做的手腳，不要在這裡假惺惺地演戲了。」

老袋鼠經理連連搖頭否認道：「沒有，沒有啊，舞廳房間的鑰匙一直在我身上。今天打掃完這裡，還是我親眼看見尼奧鎖上門的呢。明明當時舞廳裡一個人也沒有，鱷魚董事怎麼會被反鎖在這裡呢？」

邁克狐看著眾人的反應，微微皺眉，將頭上的貝雷帽摘下，說：「各位，請不要隨便猜測了。我是一名偵探，就讓我來找出真相吧！」

話音剛落，老袋鼠就震撼地叫道：「白狐狸……格子風衣……偵探……你是神探邁克狐呀！太好了太好了，我們有救了！」

邁克狐點點頭說：「沒錯，我就是邁克狐，找到了我，就已經邁出了找到真相的第一步。但是我們首先要做的就是立刻報警，並且叫救護車。啾颯，趕緊去做，還要找一根繩子攔住門口，不要讓其他人破壞現場。」

啾颯立刻挺起小胸脯，打了一個立正，從裝備齊全的偵探助理小包裡拿出一根長長的繩子交給服務生喬，然後自己噠噠地朝電話跑去。

「救護車，啾，報警，啾！」

邁克狐安撫眾人道：「不論是誰造成了這起案件，我都會將他繩之以法，所以請各位少安勿躁，接下來就交給我吧。」

邁克狐本來想從口袋裡拿出一根棒棒糖，但最後的那根棒棒糖已經送給了啾颯。他無奈地苦笑了一下，看樣子自己要少吃些糖了。這時，啾颯小跑著從人群中鑽出來。

「啾啾，任務完成，啾！」他來到邁克狐的身邊，從小包裡拿出本子準備開始記錄。邁克狐以敏銳的感官，環顧了一下四周。啾颯害怕地跟在邁克狐身後，不敢接近鱷魚董事萊利。雖然他已經暈倒了，但啾颯還是有點害怕，不安地說：「啾，害怕！啾！」

邁克狐對啾颯說：「鱷魚是一種非常古老的爬蟲類動物，他們的祖先甚至可以追溯到恐龍時代，雖然經過了上億年的演化，他們依然保留了鎧甲般堅硬的皮膚，所以水晶吊燈的重擊並不致命。」

啾颯恍然大悟，迅速將這個重要的知識記錄了下來。

隨後邁克狐又在吊燈的接口處發現一個非常明顯的人為破壞痕跡，看樣子吊燈當時已經搖搖欲墜了。

然後他再將目光聚焦到鱷魚董事萊利的身上，他的左爪攥著空白的紙，而且在他尖尖的指甲裡，找到了一點白色的絲狀物。

邁克狐猛地回頭，看見吊燈的接口處也有一些絲狀物。

這到底是什麼呢？

忽然，一旁的啾颯啾啾地叫起來，手舞足蹈地跳來跳去，像是想要弄掉身上的東西。「啾，難受，啾啾！」

邁克狐用手指幫啾颯把一根落在他身上的白色絲狀物取下，然後用拇指和食指慢慢拉動這根絲狀物。「非常細，但是卻非常

強韌，這是……我已經知道了，啾颯你真是太棒了！快，再找找這個東西還在哪裡出現過。」

很快，啾颯又在吊燈的燈柱上找到了更多的絲狀物。接著邁克狐擴大了搜索範圍，在舞廳大門的門鎖附近發現了一些膠布留下的痕跡。

此時，無數的畫面在邁克狐的腦中閃過：清潔車上的摺疊梯子、掃把上沾著的白色絲狀物、鱷魚萊利匆匆離開的身影和他手中握著的紙片、被鎖上的大門、吊燈上的白色絲狀物，最終都彙集到一起。

邁克狐的腦中有一道白光閃過，一切線索都串聯起來了。

「我已經知道犯人的作案手法了，真正的犯人就是你！」邁

啾颯偵探筆記

事件：鱷魚萊利被水晶吊燈砸中

地點：陽光飯店的舞廳

已知線索：

1. 清潔推車上有一架__________，和一把__________，上面都沾著__________。
2. 吊燈的接面處有__________，還有__________。
3. 鱷魚萊利的左爪攥著________，指甲裡有__________。
4. 白色絲狀物非常__________，但是非常__________。
5. 舞廳大門的門鎖附近有一些__________的痕跡。

看著這些線索，啾颯的腦袋裡一團亂麻。小偵探你有什麼想法？

在這裡寫下你的猜測吧：

克狐朝著大門的方向指去。

眾人的目光順著邁克狐的指示都落在清潔員尼奧的身上。身材並不高的清潔員尼奧用雙手攥著衣服的下襬，小聲地說：「不……不是我，邁克狐先生，您是不是搞錯了，我為什麼要傷害鱷魚董事呢？」

邁克狐回答：「這個原因我已經從老袋鼠經理那裡得知了，陽光飯店原本經營得非常好，可是鱷魚集團的收購計畫卻讓你們的生意越來越難做。中間的細節我雖然不知道，但是從他們今天的所作所為看來，鱷魚們一定用了非常卑鄙的手段來對付你們，所以才讓你有了動手的想法。雖然我很同情你們的遭遇，可是傷害別人都是不對的，都注定要受到法律的制裁。根據我的推理，事情的經過應該是這樣……」

邁克狐繼續還原案件的經過：「案發之前，你藉口打掃，借來了舞廳大門的鑰匙，接著在房間裡布置機關。你用清潔車裡的摺疊梯爬到吊燈處，破壞了吊燈的接口，再用事先準備好的蛛絲纏在燈柱上，又將準備好的白紙黏在吊燈下，這樣機關就布置好了，接下來你只需要讓鱷魚董事萊利上鉤。當他帶著鱷魚們在餐廳狂歡的時候，你藉著送酒的機會讓他發現字條，而字條上用老袋鼠經理的口吻寫了關於飯店轉讓的事情。

「以為馬上就可以簽約的鱷魚董事萊利興匆匆地趕到了舞廳，可當他趕到時，卻發現舞廳空無一人，不過水晶吊燈的正下方卻有一張紙在飄動。喝了不少酒的鱷魚董事萊利感覺自己被

戲弄了，便怒不可遏地衝過去，用力將那張吊在半空中的紙拉下來，可是他卻沒想到，這一拉，掛在天花板上的吊燈竟然直接落了下來，暈暈乎乎的鱷魚董事萊利根本來不及反應就被壓在了下面。」

清潔員尼奧搖著頭反駁道：「偵探先生，您在說什麼？鑰匙只有一把，而且一直都是老袋鼠經理隨身攜帶的。老袋鼠經理剛才明明說過了，他是看著我把門鎖上才收走了鑰匙的。我哪會知道他是怎麼進來的。而且案發之後，沒有鑰匙的我也不可能把門重新鎖上啊！」

邁克狐搖搖頭，繼續推理：「把案發現場偽裝成一個密室，其實非常簡單，你只需要借助一個小小的道具，再加上你的演技就行了。當你布置完舞廳後，你用膠布把門鎖的位置封住，這樣就算你擰動門鎖，門也不會被真正地鎖上，這個步驟你借用了老袋鼠經理對你的信任。你為了不讓別人發現你在門鎖上做了手腳，所以案發後你必須第一時間跑回舞廳開門，接著，你裝作開不了門鎖，將大門撞開，讓包括我在內的所有人都認為這裡就是一間密室。不過，雖然你的計畫看似天衣無縫，可凡是做過的事情必會留下痕跡，門上的膠布痕跡就是你犯罪的證據。」

服務生喬在一旁提出了質疑，「不可能，蛛絲那麼細，怎麼能拉住這麼重的吊燈呢？邁克狐，您是不是搞錯了？」

「不，蛛絲是一種非常堅韌的東西。」邁克狐反駁道，「因為在相同的拉力下，強韌度可是同重鋼絲的五倍，更何況燈柱上

纏了這麼多蛛絲，拉動這個只有幾十斤重的水晶吊燈根本是輕而易舉。所以清潔員尼奧，你既有作案的動機，又有作案的工具和時間，犯人就是你。」

啾颯簡直對邁克狐佩服得五體投地，他飛快地在本子上記錄著關於蛛絲的新知識。

聽到這裡，尼奧一改剛才的怯懦模樣，厲聲質問邁克狐，

「哼，神探邁克狐也不過如此，你剛才說的這些都是你的推測，證據呢？沒有證據你休想讓我認罪！」

邁克狐說：「能夠將你定罪的證據應該還在你的身上，雖然你有時間把黏在門上的膠布撕掉，但是你沒有時間把鱷魚董事收到的字條處理掉，我覺得字條應該在你肚子上的育兒袋裡吧。母

袋鼠的肚子上都有一個育兒袋。」

在邁克狐縝密的推理和如山的鐵證面前，清潔員尼奧點頭認罪了，「我們被這些鱷魚欺負得根本沒有辦法生活，只能選擇屈服。可是我不甘心，一定要讓他們受到懲罰！」

這時，門外終於響起了警笛和救護車的聲音，因為賽斑島是大海中的一座孤島，所以與格蘭島之間的交通並不暢通，警車和救護車想要上島必須依靠渡輪載過來。警員將清潔員尼奧帶走的同時也帶走了那些惹是生非的鱷魚。鱷魚董事萊利也被帶上了救護車，不過等他養好了傷，他也得面對法律的嚴懲。

陽光飯店暫時安全了，老袋鼠經理又恢復了活力。

「尼奧是為了大家才做出這樣的傻事，我一定要等她回來，

蛛絲

蜘蛛絲是由蜘蛛體內的絲腺所合成，經細管輸送到身體後方的絲疣上。絲腺中的蜘蛛絲是液態的蛋白質，在接觸到空氣後才凝固成為絲狀物質。許多蜘蛛會將蛛絲結成網，平時就待在網上等待獵物送上門來。在我們看來，蛛絲輕飄飄的，很容易就能摧毀，其實啊，蛛絲具有很高的強度和韌性唷，怎麼樣，沒想到吧！

大家還要在一起工作！」

事情解決了，邁克狐和啾颯又能繼續享受他們的假期了。啾颯如願以償地鑽進了玻璃通道中暢遊，而邁克狐呢，終於可以忙裡偷閒，將發生過的案件好好整理一下，畢竟那個神祕的千面怪盜依然逍遙法外呢。

偵探小劇場

世界上最遠的距離

偵探密碼本

邁克狐的偵探事務所裡，有一個被珍藏的密碼本。當偵探助理們在書中遇到謎題時，可以根據謎題中留下的數字線索，透過密碼本將數字轉化為英文字母。不過，其中有一個英文字母是多餘的，去掉它才能組成正確的單字喲。快來和啾颯一起，成為邁克狐的得力助手吧，啾啾啾！

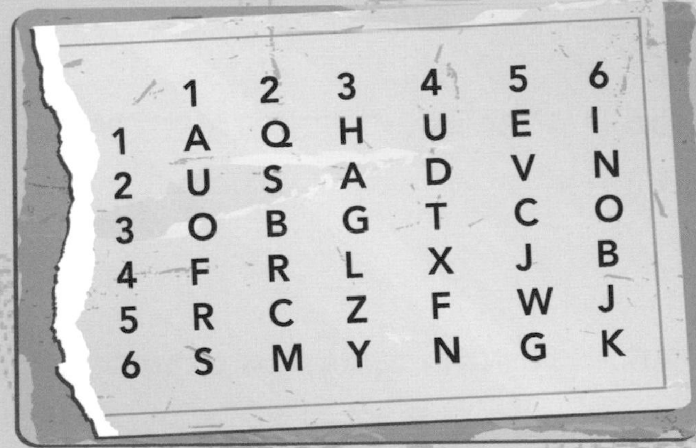

	1	2	3	4	5	6
1	A	Q	H	U	E	I
2	U	S	A	D	V	N
3	O	B	G	T	C	O
4	F	R	L	X	J	B
5	R	C	Z	F	W	J
6	S	M	Y	N	G	K

密碼本使用方法：每組數字的第一位表示字母在第幾排，第二位表示在第幾列。例如數字３２表示在第３排第２列，字母為 B。

偵探密碼本解答

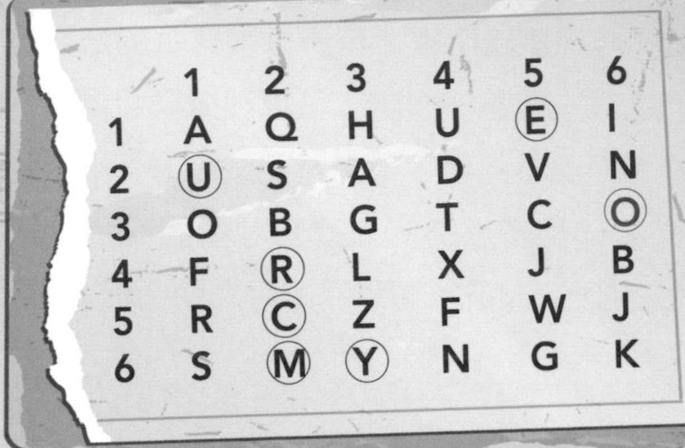

	1	2	3	4	5	6
1	A	Q	H	U	E	I
2	U	S	A	D	V	N
3	O	B	G	T	C	O
4	F	R	L	X	J	B
5	R	C	Z	F	W	J
6	S	M	Y	N	G	K

書中數字：62、15、42、52、21、42、36、63

（紅色數字為干擾項目，需去掉紅色數字對應的字母才能得到真正答案）

答案：mercury（汞）

工廠旁有一棵女貞樹，邁克狐看到女貞樹的葉子變黑了，就知道工廠排出廢氣中含有有毒的汞元素。女貞樹對汞特別敏感，一旦接觸到汞元素，女貞樹的樹葉、莖幹、花冠就會變成棕色或黑色，嚴重時還會掉葉。

女貞樹不僅能夠偵測到汞汙染，還能夠吸收毒性很強的氟化物、二氧化硫和氯氣，堪稱是一位盡職盡責的環境衛士。

國家圖書館出版品預行編目 (CIP) 資料

神探邁克狐 / 多多羅著 . -- 初版 . -- 臺北市 : 晴好出版事業有限公司出版 ; 新北市 : 遠足文化事業股份有限公司發行 , 2024.05-

冊 ;　14.8×21 公分 .

ISBN 978-626-7396-55-1 (第 5 冊 : 平裝)

859.6　　113003350

神探邁克狐

法老王的珍寶⑤ 千面怪盜篇

作　　者｜多多羅
專業審訂｜李曼韻
繪　　者｜心傳奇工作室
責任編輯｜胡雯琳
封面設計｜FE 工作室
內文設計｜簡單瑛設
校　　對｜呂佳真

出　　版｜晴好出版事業有限公司
總 編 輯｜黃文慧
副總編輯｜鍾宜君
編　　輯｜胡雯琳
行銷企畫｜吳孟蓉
地　　址｜104027 台北市中山區中山北路三段 36 巷 10 號 4 樓
網　　址｜https://www.facebook.com/QinghaoBook
電子信箱｜Qinghaobook@gmail.com
電　　話｜(02) 2516-6892　　傳　　真｜(02) 2516-6891

發　　行｜遠足文化事業股份有限公司（讀書共和國出版集團）
地　　址｜231023 新北市新店區民權路 108-2 號 9 樓
電　　話｜(02) 2218-1417　　傳　　真｜(02) 2218-1142
電子信箱｜service@bookrep.com.tw
郵政帳號｜19504465（戶名：遠足文化事業股份有限公司）
客服電話｜0800-221-029　　團體訂購｜02-22181717 分機 1124
網　　址｜www.bookrep.com.tw
法律顧問｜華洋法律事務所／蘇文生律師
印　　製｜凱林印刷
初版一刷｜2024 年 5 月
定　　價｜300 元
I S B N｜978-626-7396-55-1 (平裝)